LA

GARIBALDIADE

POÈME

PAR

Th. VÉRON

Deuxième Édition,

AVEC UNE LETTRE AUTOGRAPHE DE VICTOR HUGO

PARIS

LIBRAIRIE DE L. HACHETTE ET CIE

BOULEVARD SAINT-GERMAIN.

1863

LA GARIBALDIADE

Typ. Charles Noblet, rue Soufflot, 18.

LA
GARIBALDIADE

POÈME

PAR

Th. VÉRON

DEUXIÈME ÉDITION

AVEC UNE LETTRE AUTOGRAPHE DE VICTOR HUGO

PARIS

A LA LIBRAIRIE DE L. HACHETTE ET Cⁱᵉ

BOULEVARD SAINT-GERMAIN

—

1863

PRÉFACE

Lors de la publication du premier chant de la *Garibaldiade*, il s'est élevé dans la presse quelques objections qui nous ont paru fondées sur des préjugés que nous n'aurons pas de peine à détruire, en nous appuyant sur l'autorité des maîtres et sur la liberté de l'art. «Vous avez deux torts,» nous ont dit plusieurs critiques : «le premier, d'employer le genre épique, qui est suranné; le deuxième, de traiter un héros vivant..... Le lyrisme n'est plus goûté, la forme didactique est ennuyeuse; on ne vous lira point, et nous craignons pour votre œuvre le fameux «*desinit in piscem.*» Mais, par une contradiction heureuse pour nous, ces mêmes critiques ont été obligés de convenir que la grande figure du libérateur de l'Italie était réellement *épique*. Comment donc alors pourrait-on célébrer cette illustration exceptionnelle sans avoir recours à la forme poétique qui lui est propre? On ne nous supposera pas l'outrecuidante prétention de considérer notre faible poëme comme une épopée, mais il nous est bien permis de ne pas nous assujettir à telle ou telle poétique, et de ne pas nous soumettre à des règles arbitraires que nous n'admettons pas plus dans le champ libre du lyrisme que dans celui de la peinture historique. Nous ne reconnaissons pas à la critique le droit d'imposer ou de proscrire tel ou tel sujet ; nous n'acceptons son poinçon et son contrôle que pour la qualité et la valeur de l'œuvre ; et, s'il nous a plu de chanter Garibaldi, c'est que, indépendamment de l'intarissable sujet légendaire, nous voyons toujours dans le vaincu d'Aspromonte la plus pure et la plus haute personnification actuelle de la démocratie. Quant au reproche du défaut de dénouement, nous ne nous en inquiétons guère. L'épopée continuera dans la

vie ultérieure de notre héros, incapable de faillir à
sa mission ; et, à la rigueur, le dixième chant ne
peut-il pas constituer une péripétie suffisamment
lyrique ?......

Ligugé 1863.

Hauteville House — 7 9bre

J'ai lu votre poëme, Monsieur,
avec la double sympathie
due au héros et au poëte.
Vous avez raison de penser
que je ne vous ai point
oublié, et je vous remercie
de vous souvenir de moi,
et de le dire si noblement dans
votre poëme dont le souffle et les
sentiments sont réellement épiques.
Croyez, je vous prie, à
tous mes vœux pour
votre succès, et à tous
mes sentiments de cordialité.

Victor Hugo

LA
GARIBALDIADE

POÈME

CHANT PREMIER

ARGUMENT.

La Muse apparaît au poëte et lui dit de chanter la révolution et le héros Garibaldi. — Le poëte hésite, la Muse lui reproche sa faiblesse, et le somme d'obéir à l'inspiration.

1807. — Dieu prend en pitié les souffrances des peuples. — Visitation de l'ange Gabriel à la mère de Garibaldi. — Intérieur du marin et pêcheur Garibaldi père. — Naissance de Giuseppe. — Le ciel s'entr'ouvre, et au-dessus de l'humble berceau on voit passer les ombres des Masaniello, Salvator, Raphaël, Michel-Ange et Dante Alighieri qui jettent des fleurs; on voit passer encore d'autres ombres agitant leurs mains enchaînées et sanglantes vers le jeune enfant qui leur tend ses petits bras.

LA MUSE.

— Debout, enfant, debout! fais de ta plume un glaive,
Vois comme le nuage est tout chargé de noir;

La mer monte, moutonne, et la vague se lève...
La géante étincelle ainsi qu'un blanc miroir.
Elle court furieuse, et sur le dos humide
De l'Océan qui hurle, elle tombe en pleurant.
— Entends-tu l'ouragan? A la plaine liquide
Il jette un son plaintif et parfois menaçant...
La tempête mugit. . . . .
. . . . Je ne suis plus Armide,
J'ai laissé dans les bois mon baudrier de fleurs
Pour revêtir le fer de ma lourde chlamyde,
Et prendre mon cimier aux funèbres couleurs.
— Debout! Vois dans ma main la lance qui flamboie,
Laissons la rêverie, et volons au secours
D'un peuple qui gémit, la victime, la proie
De l'aigle bicéphale et des fauves vautours...

LE POÈTE.

Qu'entends-je? Est-ce un clairon qui sonne à mon oreill
Est-ce la Marseillaise aux belliqueux accords?
Non. C'est toi, ma déesse, à Minerve pareille,
Ah! je le reconnais ton majestueux corps !
Mais pourquoi le draper de l'airain des batailles;
Pourquoi sur ton beau sein ce reluisant acier,
Sur ton flanc sinueux cette cotte de mailles,
La pique d'une main, de l'autre un bouclier?

LA MUSE.

— Eh quoi! ne vois-tu point l'Europe qui bouillonne?
— Chaque peuple opprimé revendique ses droits;
La révolution de ses éclairs sillonne
Les trônes ébranlés où trébuchent les rois;
Chante Garibaldi, ce héros légendaire,
Chante et monte ton luth à mon diapason!
Je sens gronder en moi l'orage populaire :
— Obéis à ton Dieu qui t'ouvre l'horizon.

LE POÈTE.

— Que me demandes-tu ? Mais c'est une épopée...
Je sens mon bras trop faible, hélas ! J'ai trop souffert
Pour étreindre et porter cette pesante épée ;
Le roseau me va mieux que ce glaive de fer.
Ah ! si tu me donnais à peindre une enfant d'Eve,
Au front candide et pur, au cœur vierge de fiel,
Peut-être encor pourrais-je, amoureux d'un beau rêve,
Chercher un idéal dans le vide du ciel ;
Mais je suis trop meurtri par les coups de ce monde,
J'ai trop senti le dard venimeux des méchants,
Pour oser redescendre en cette arène immonde
Et jeter à des sourds et mon âme et mes chants.

LA MUSE.

Je ne suis plus, ami, ton Idylle fleurie,
Celle qui te berçait à l'âge de quinze ans
Quand Ligugé sur nous de sa verte prairie
Secouait près du Clain les parfums enivrants.
Je ne suis plus encor l'Elégie éplorée
Gémissant avec toi, quand à Paris tout seul
Je te vis à vingt ans, ta pauvre âme navrée,
Convoiter les cyprès, la tombe, le linceul.
Mais si nous vieillissons tous deux sur cette terre,
Il ne faut pas céder, ni fuir en déserteurs,
Caressons, caressons le songe humanitaire :
Les hommes ne sont pas tous cruels et menteurs.

LE POÈTE.

Muse, je ne crois plus au cœur flétri de l'homme
Les tigres sont meilleurs et les rochers moins durs,
Et tu veux que pour lui j'aille troubler mon somme,
Cherchant pour les ingrats mes accents les plus purs ;
Certes, Garibaldi, ce grand héros que j'aime,
Veut un chantre plus jeune et plus audacieux ;
Je ne saurais tenter un aussi fort poëme,

Plains-moi, Muse, et pardonne en remontant aux cieux.

LA MUSE.

Je ne puis excuser ta coupable faiblesse ;
Crois-tu t'appartenir et passer ici-bas
Comme un être vulgaire, et moi, moi ta maîtresse,
Crois-tu que c'est en vain que je t'ouvris mes bras ;
Crois-tu que sur mon sein en vain tu te reposes,
Et qu'il faut t'endormir sur l'oreiller des pleurs ?
L'homme naît pour souffrir, non pour cueillir des roses,
Mais pour passer son âme au filtre des douleurs.
Et puisqu'ils ont voulu ces eunuques sans tête,
Ces vieillards orgueilleux, égoïstes, repus,
Ces impuissants jaloux, te casser ta palette,
Démasque leur envie et flétris leurs abus.
Grandis dans les deux arts, et du haut du Parnasse,
Pardonne avec dédain, aiglon, et dans ton vol,
Laisse émousser leurs dards sur ta forte cuirasse,
Plane sur tous les nains qui rampent sur le sol.
Oh ! va, je te ferai peindre un jour quelque toile,
Palpitante d'amour et de vrai sentiment ;
Vers un pôle inconnu je pousserai ta voile,
Tu me feras honneur, brave et vaillant amant.
Mais aujourd'hui, soufflons dans les clairons de cuivre,
Soufflons pour les guerriers des hymnes généreux.
Chantons Garibaldi, qu'avec toi je vais suivre
Sur les champs de bataille et sanglants et poudreux.

LE POÈTE.

Oh ! puisque ton amour est le vin qui m'enivre,
Muse, abreuve-m'en donc, et de ta harpe d'or,
Accompagne ces chants, ces hymnes, fais-les vivre
Comme les chants sacrés qui vibraient au Thabor.

1807.

Les peuples accablés du poids de l'ignorance
Tendaient leurs bras meurtris vers Paris, vers la France.
Cette fille de Dieu dans son large cerveau
Sentait naître et surgir tout un monde nouveau.
C'est que les grains puissants qu'avaient semés Voltaire
Et Jean-Jacques Rousseau se levaient sur la terre ;
Et sous le vieil engrais de féodalité
Perçait le jeune épi de notre égalité.
La liberté sa sœur, de tous les bras esclaves,
Essayait d'arracher les trop lourdes entraves.
Napoléon régnait, et son aigle vainqueur
A tous les rois tremblants inoculait la peur.
Mais de quatre-vingt-neuf les brillantes promesses
D'un mirage n'offraient que les splendeurs traîtresses
De vingt siècles d'erreur le vieux joug accablant
Sur les déshérités pesait encor sanglant,
Quand Dieu prit en pitié les souffrances humaines
Et fit naître un vengeur qui vînt briser les chaînes :

Sur un fortuné sol, à l'abri des autans,
Sous un ciel qui prodigue un éternel printemps
Vivaient dans un faubourg de Nice la Fleurie
Deux époux rappelant les pieux Zacharie.
Humbles comme Joseph, Jean, Pierre et ces pêcheurs
Que le Christ appelait ses apôtres prêcheurs,
Le marin dès l'aurore allait à l'aventure
Tenter pour ses filets un riche capture.
Lorsqu'il rentrait le soir sous le toit conjugal,
Tout son cœur palpitait d'un émoi sans égal,

En revoyant sa femme, ainsi que Marthe assise,
Filant ou recousant quelque utile reprise,
Il s'appuyait tremblant sur sa rame et, joyeux,
Sentait courir des pleurs d'ivresse dans ses yeux :
« O Vierge ! disait-il, et bien bas en lui-même,
Merci ! tu m'as donné cette épouse qui m'aime,
Quand la tempête gronde et quand, jouet des flots,
Ma barque va sombrer, Vierge des matelots !
Tu me montres là-bas, à son foyer, Marie,
Qui dépose l'aiguille et s'agenouille et prie.
Alors je prends courage et je navigue fort,
Ton étoile me guide et je gagne le port.

. . . .

Eh bien, je la revois, à sa place fidèle,
Recousant quelque maille... » Il dit, et derrière elle
Il alla sur son col bruyamment déposer
Avec un joyeux rire un éclatant baiser.
« Femme, fit-il alors, en jetant bas sa rame,
Ses filets argentés d'écailles sur la trame,
Jamais le laboureur n'eut plus belle moisson ;
Pêche miraculeuse ! aujourd'hui le poisson
Faisait rompre ma barque et je crois, Dieu m'écoute !
Qu'un sort m'était jeté tout le long de ma route.
Et toi, femme, t'est-il advenu du bonheur ?
— Oui, mon ami, j'ai vu la bonté du Seigneur ;
Ne va pas me traiter de crédule ou de folle,
Mais écoute plutôt sa divine parole :
Je venais de céder au sommeil bienfaisant,
Quand par trois fois mon sein s'agita frémissant;
Tout à coup m'apparut un bel ange du ciel,
Une auréole au front : « Écoute Gabriel,
Me dit-il, étendant ses deux mains sur ma couche,
Pauvre femme, c'est Dieu qui parle par ma bouche.
Il protége le faible et veut que les puissants

Soient toujours abaissés par de simples enfants;
Il veut que la montagne, avec sa tête altière,
S'écroule sous son doigt et retombe en poussière,
Il veut que l'injustice et le mal triomphants
Tremblent sous ses regards et sous ses châtiments ;
Car, si l'iniquité déborde sur le monde
Comme un lac empesté, comme une fange immonde,
— Mets, dit-il, une digue à ces flots corrupteurs,
Élève la vallée, abaisse les hauteurs,
Et, poursuivant du Christ la mission divine,
Que sous l'humilité l'orgueil vaincu s'incline !
Or, écoute-moi bien, femme au cœur simple et pur,
C'est toi qu'il a choisie et, sous ton chaume obscur,
Il m'envoie et je viens t'annoncer, ô Marie !
Que dans tes heureux flancs est un nouveau Messie.
— Mère, je te salue, un jour ton Fils sauveur
Remplira l'Italie et l'Europe d'honneur;
Dieu le prend pour soutien de la cause sacrée
De la démocratie en tout temps massacrée.
En attendant, tu vas, de ton lait vigoureux,
Infiltrer dans sa veine un sang vif, généreux,
Où viendra se mêler la force âpre et sauvage
De la mer en courroux tombant sur le rivage.
Giuseppe sera peuple et son œil irrité
Des lions du désert aura la majesté.
Quand un fauve regard de sa chaude prunelle
D'un fulgurant éclair lancera l'étincelle,
Sur leurs trônes minés tout frémissants de peur,
Les rois verront s'enfuir le vil troupeau menteur
Des courtisans repus qui, par la flatterie,
Les aveuglent d'orgueil et trompent la patrie.
C'est alors qu'arborant le drapeau plébéien,
Ils se décoreront du nom de citoyen.
Ils viendront aduler le lion populaire;

Mais lui, levant la têté et dressant sa crinière,
Verra se disperser ces pâles courtisans ;
Et sur l'or, le velours, les oripeaux gisants,
Ce véritable roi de la démocratie
Des volontés d'en haut saura la prophétie :
Car un autre Isaïe, un autre Ézéchiel
Vous diront les décrets qui leur viendront du ciel.
Ils vous dérouleront la Genèse éclatante
Qui du monde nouveau va s'élancer vivante :
Sur le char d'Isaïe et ses chevaux de feu (1)
La science pourra vous rapprocher de Dieu ;
Tous les arts, étouffés par des mains sacriléges,
S'affranchiront un jour d'odieux priviléges ;
Oui, le soleil pour tous va luire désormais :
Oui, bientôt, l'Italie, au cœur des bons Français,
Comme au cœur d'Albion, va jeter la semence
De la grande unité dans la famille immense.
Mais pour déraciner ces barrières sans nom,
Pour saper la Babel à grands coups de canon,
Pour abolir ces mots : «Les peuples, la patrie»
Dont la fraternité fut blessée et meurtrie,
Pour prouver aux humains que la loi du progrès
Doit réunir l'Europe en fraternel congrès
Et ne faire qu'un peuple amoureux d'harmonie,
Il fallait un héros, un homme de génie !
Gloire à toi! Jéhovah, en fécondant ton sein,
Prédestina Joseph à ce vaste dessein.
C'est lui qui, pour hâter cette unitaire tâche,
Portera, vigoureux, la cognée et la hache
Aux murs des préjugés, aux rochers des abus,
Détruisant le vieux monde et ses troncs corrompus.
— Mais hélas! que de maux, de fatigues, de larmes

(1) Vapeur, électricité.

Pour faire triompher cette œuvre par les armes !
Que d'embûches l'envie inventant sous ses pas,
Que de poignards levés méditant son trépas !
Que de traîtres poisons distillés à toute heure!
Pauvre mère ! ah ! pour lui, tremble, gémis et pleure ;
Car sous ses pieds viendront perfides et rampants
Des hommes venimeux comme de noirs serpents
Qui voudront l'enlacer, et jusqu'à sa cuirasse
Monteront pour chercher le défaut et la place
Où leur dent pourra mieux pénétrer jusqu'au cœur.
Eh bien, console-toi ! Dieu veut qu'il soit vainqueur,
Que son talon de fer écrase et pulvérise
Ces têtes de reptile..... il veut qu'il intronise
Le vrai règne du peuple, et qu'au vieux monde mort
Succède un monde vierge, au cœur haut, droit et fort.
Adieu donc, à bientôt, et sur ce grand mystère,
Garde avec ton époux un silence sévère.
Dieu veut vous éprouver, réservant à jamais
Aux humbles comme vous sa grâce et ses bienfaits. »

. . . .

Gabriel avait dit. Son aile diaphane,
Son front tout flamboyant éclairaient la cabane.
Quand je me réveillai, je crus le voir encor...
Notre simple réduit était ruisselant d'or ;
Longtemps j'eus dans les yeux l'éblouissante image

. . . . . . , ...

— Eh ! tiens, à l'instant même encore ce mirage !
J'aperçois nos réseaux s'allongeant pour couvrir
Des victimes sans nombre et je vois s'entr'ouvrir
La coupole du ciel !... A genoux ! c'est notre ange,
C'est lui qui va parler... Écoute... Voix étrange !...
Entends-tu le concert de ces blancs séraphins ?
A genoux, à genoux, mon ami, joins les mains!..
Prions... oui... soutiens-moi...Quel voile sur ma vue !

Ah ! je me sens mourir ! j'ai la tête fendue...
Giuseppe!Ah ! c'estbienlui...Pardonnez-moi, mon Dieu!
Mon flanc est déchiré... je brûle... C'est du feu...

. . . .

... Elle s'évanouit... le pêcheur, en prière,
La tenait dans ses bras... Tout à coup la lumière
Inonda de nouveau le réduit indigent,
Et puis l'on entendit, comme un timbre d'argent,
Tomber encor ces mots, paroles prophétiques
Qu'accompagna le luth des célestes cantiques :

. . . .

« Votre Giuseppe est né ! S'il ne vient point de mages
L'adorer bienvenu, voyez-vous des nuages
Descendre le troupeau sacré des immortels ?...
Tous apportent des fleurs de nos divins autels :
Voici Masaniello, Salvator, Michel-Ange,
Virgile, Raphaël, le Tasse, la phalange
Des Giotto, des Corrége et des Cimarosa
Qu'avec ferveur jadis l'Italie encensa...
Étoile de lumière et divine figure,
Béatrix vole en tête et cache la blessure
Qu'amour fit à son âme ; et plus loin, tout saignant,
Vole un couple qui souffre et pleure en s'étreignant:
C'est Paolo qui tient Francesca sur son âme
Et boit de ses baisers le savoureux dictame.
Plus loin viennent aussi les martyrs généreux,
Dont les myrtes sanglants ombragent les cheveux ;
Ils te tendent les bras, te demandent vengeance,
Giuseppe, ô mon enfant , promets-leur délivrance !

. . . .

Ils viennent saluer ta bienvenue au jour
Et souffler dans ton cœur la liberté, l'amour... »

. . . .

Il dit, baise l'enfant, le regarde et s'envole...
. . . .
Longtemps le nouveau-né, d'une jaune auréole
Eut le front rayonnant... et ses petits bras nus
Vers les groupes martyrs étaient encor tendus,
Tandis que terrassé, le nouveau Zacharie,
Le père de Giuseppe, était près de Marie,
De respect confondu, palpitant de terreur,
Devant ce nouveau-né fils élu du Seigneur.

FIN DU PREMIER CHANT.

CHANT DEUXIÈME

—

ARGUMENT.

La mer. — Invocation à Chateaubriand. — Espoir de pèlerinage à son mausolée. — Souvenir au grand maître Victor Hugo. — Enfance de Garibaldi. — Précocité. — Talents maritimes. — Les tempêtes. — Respect et foi du vieux pêcheur. — L'ange des flots plane et veille sur la barque. — Le phare. — Retour. — Canon d'alarme. — La mère les exhorte à voler au secours des naufragés. — Les femmes des pêcheurs attendent dans le port. — Mère Simon. — Son fils. — Tocsin. — Nouveaux secours. — Épisodes. — Adda. — Sa mère. — Black. — Les missionnaires. — Les religieuses. — *Ave Maria.* — Terre !

La mer ! j'aime la mer et ses bonds et sa brise,
Quand de loin gémissante elle accourt et se brise
Sur les rocs vieux géants que sa lame a creusés,
Et vient jusqu'à nos fronts de ses flots arrosés,
Nous murmurer sa plainte avec monotonie,
Jetant à notre oreille une triste harmonie.
Malgré son sanglot rauque, et son long pleur amer,
Oui, j'aime l'Océan, œil du ciel, vaste mer !
C'est lui qui nous montrait, aux jours de notre enfance,
Dans son mouvant miroir la suprême puissance,
Lorsqu'à ma sœur et moi, sur les galets des bords,
Ma mère offrait la clef de ses larges accords,
Et nous initiait à sa langue infinie,
En nous enseignant Dieu, n'est-ce pas, Virginie ?
(Si j'ai trahi son nom, pardonnez-moi ! ma sœur

Avec ma mère était le missel où mon cœur
Épela l'alphabet des saintes poésies) (1).
Entre les caps bretons et les côtes fleuries
Des Sables, de l'Aunis, pour la première fois,
J'ouïs de l'Océan la sibylline voix,
Et pour mieux l'inculquer à mes oreilles ivres,
Chateaubriand ! j'appris à lire dans tes livres !
— Poète d'Atala ! toi, grand-prêtre du beau !
Pèlerin déjà las, j'irai près du tombeau
Où tu dors, chantre aimé de la vieille Armorique,
J'irai te déposer la pieuse relique
Que mon cœur t'a gardée ; en lévite fervent,
J'irai, j'irai mêler à l'orchestre du vent
Et du flot qui se plaint près de ton mausolée
Ma prière où parfois la note désolée
Crîra : « Chateaubriand, daigne du haut des cieux,
Sur ce siècle d'airain daigne abaisser les yeux ;
Plains toute âme qui souffre et reste prisonnière
En ce monde égoïste à la fangeuse ornière !
— Mais sublime génie ! ô mon maître, ô mon roi !
Daigne me soutenir et retremper ma foi,
Pour peindre avec bonheur, en langue cadencée
Sur le sein de la mer une enfance bercée.
Car Joseph, comme toi, sur ce sein agité,
Suça le lait des forts ; comme toi, ballotté
Sur la vague en colère, il eut dès son jeune âge
Les terribles leçons de l'élément sauvage.
Du magique Océan et de ses larges flots,
Comme toi s'il ne put épeler les grands mots,

----

(1) Si le lecteur trouvait qu'il est trop délicat, trop personnel
d'évoquer ainsi le religieux souvenir de la famille, nous lui répon-
drions avec le grand Lamartine :
« Il faut lui pardonner, homme, on n'a qu'une mère ! »
(Note de l'auteur.)

Pour bégayer il eut dès sa première année
Ton flux et ton reflux, ô Méditerranée !
Souvent quand le mistral dans sa sombre fureur
Soulevait vers le ciel ta vague avec terreur,
Aux éclairs sillonnants d'un rouge météore,
Ou sous le vif éclat de l'argent du phosphore,
Le dieu de la tempête abritait le sommeil
De Giuseppe bercé jusques à son réveil.
L'enfant héros rêvait au milieu de ce drame,
Et pour le disputer à l'envieuse lame,
Son père l'attachait au mât sur les filets,
De peur qu'un coup de vent balayant les agrès,
N'emportât dans le gouffre à l'aveugle furie
L'espoir prédestiné de la grande patrie.
Mais lorsqu'il naviguait, son coup d'œil prévoyant
Décelait le marin déjà sûr, clairvoyant.
Aussi, dans ces lueurs de précoce science,
Le vieux pêcheur voyait ton doigt, ô Providence !
Quoique habile et rompu sous les lois du travail,
Il s'inclinait devant Giuseppe au gouvernail,
Ayant foi dans son fils dont le jeune courage
Se jouait des autans et bravait le naufrage.
Qu'il eût fait beau les voir sur la vague monter,
Redescendre avec elle, en roulant se heurter
Contre le roc mouvant du gouffre à blanche écume !
Telle naguère on vit une géante plume,
Un génie exilé, l'empereur des beaux vers,
Hugo sur l'Océan, l'âme en proie aux revers,
Avec ses manuscrits, son fils seule espérance,
Chercher un autre abri loin de sa chère France !
— Oh ! nouveau Camoëns ou Dante au front plissé !
Entendais-tu mugir dans ton cœur courroucé
L'ouragan du malheur et de l'ingratitude
Du peuple ton amour ? Ah ! dans ta solitude,

(Sa mère sur la plage attendait le retour),
— « Père, s'écria-t-il, remettons à la voile ! »
— « Courage, mon Giuseppe, oui, suivez votre étoile,
Partez, leur dit la mère, et je prîrai pour vous.
Courage, volez vite ; » et, tombant à genoux,
Elle tendait les bras au ciel et suppliante,
Invoquait le Très-Haut, maître de la tourmente.
L'exemple et la bravoure à ces graves périls
Appellent les vaillants sur les pas de son fils.
— « Imitez-le, disaient les femmes courageuses,
Parents, époux, domptez les vagues furieuses,
Secondez, secondez le généreux effort
De notre bon Joseph qui se rit de la mort. »
Un enfant de seize ans qui risque ainsi sa vie
A droit à votre estime et doit vous faire envie.
Heureux qui sur sa trace, aux cris du naufragé,
S'élance ! celui-là se verra protégé
Par la Vierge des mers qui toujours récompense
Le brave et fait chanter sa pure conscience ;
Mais malheur à celui qui calcule, prudent,
Redoute le danger, le futur accident !
Ce lâche n'aura pas la Providence amie
Veillant à son foyer sur sa fille endormie.
Le diable bafoûra ses filets déchirés ;
Par les trous s'enfuiront les gros poissons dorés.
Mais heureux qui te suit, Giuseppe, et reprend terre,
Son étoile est bénie et pour lui tout prospère !
Celui-là chaque année, à l'ardente saison,
Verra naître un nouvel enfant dans sa maison
Aux jours où le soleil, en chaudes fiançailles,
Vient féconder la terre. Alors en ses entrailles,
La mère aura senti que son nouveau trésor
Porte le vrai cachet du mois de messidor :
La force du lion ; car sa progéniture

Aura tous les accents de sa mâle nature.
— Ne vous souvient-il pas que, généreux, clément,
(Lorsque nos fils jouaient), Giuseppe, à tout moment,
Des faibles saisissant la cause et la défense,
Punissait des plus forts l'injustice ou l'offense ?
— Oui, disait sa voisine, il était la terreur
Du mensonge, du vice. Il avait en horreur
Le parjure, le vol, et tenez ! même encore
Lorsque Charles mon fils me quitte dès l'aurore
Pour voir son bon Giuseppe, il m'embrasse en disant :
« Garibaldi, ma mère, est doux et bienfaisant;
Donne-moi quelque argent afin que l'indigence
En nous tendant la main puisse bénir l'enfance.
Je glisse quelques sous dans son petit panier :
Notre baiser s'échange (il donne le premier,
Moi le second, mouillé, mais d'une larme heureuse);
Puis il court vers Joseph et la bande joyeuse.
Ma foi, si, de l'école oubliant les leçons,
Ils s'égarent parfois derrière les buissons,
Vers la bouche du Var ou vers la croix de marbre,
Je n'y vois pas grand mal; la science est un arbre
Dont les fruits n'ont jamais grossi dans les cloisons;
Le cœur s'épanouit sous les grands horizons.
J'ai même entendu dire à l'improvisatore
Que l'âme est un beau fruit qui mûrit et se dore
A l'ardeur du grand jour, au soleil radieux.
Pauvres enfants chéris! ils sont bien plus heureux
A voir les oliviers, les oiseaux, la verdure,
Qu'à lire en un grimoire, ou fouiller l'écriture.
— Eh bien, dit une vieille à l'œil cave et méchant,
La belle théorie et l'exemple touchant!
Peut-on encourager une telle paresse!
La jeune répondit : « Ce canon de détresse
Aurait en vain tonné si l'école aux vieux murs

Eût amolli leurs bras ni vigoureux, ni sûrs ;
Et la rame en leurs mains timides et débiles
Tenterait à présent des efforts inutiles.
Ne vous plaignez donc pas, si, dans la liberté
Ils ont puisé l'audace et la mâle fierté
Qui leur fait dédaigner une vile existence,
Et prêter aux mourants généreuse assistance.
— Oui, répondit la vieille, on est fort à ce jeu !
Voyez comme il rapporte et vous console un peu !
Comme à moi pauvre femme, il offrit d'avantage :
J'ai perdu trois enfants à ce beau sauvetage.
Il m'en reste encore un, le voici maintenant
Avec Garibaldi, ce diable entreprenant,
Fanfaron, téméraire, et que tous veulent suivre.
Moi, si je perds Simon comment pourrai-je vivre ?
— Vous êtes jeune, vous ! et les prix Montyon
Paîront à vos fils l'héroïque action.
Mais moi, la belle affaire ! et diplôme et médaille
Ne m'empêcheront pas de mourir sur la paille ;
Ces maigres doigts jamais ne fileront assez
Pour me faire survivre aux quatre trépassés.
— Pardonnez-moi ; j'ai pu, d'une douleur cuisante,
Remuer votre plaie encor toute saignante,
Reprit la jeune femme. — Espérez mieux ! Simon
Avec Garibaldi va poindre à l'horizon,
Ainsi que mon fils Charle et tous les autres braves.
— Dieu vous écoute, enfant ! Mais hélas ! que d'épaves,
De cadavres demain la mer va rendre au port !
Car croyez-moi : ce soir, mon chien hurle à la mort.
Jamais le goëland n'eut de plainte plus triste,
Et jamais l'alcyon ne fut plus alarmiste.
Entendez-vous gronder le Mont-Musson jaloux ?
Dieu garde nos enfants, nos frères, nos époux !
— Ne nous effrayez pas, mère Simon, si vite ;

Le deuil à nos foyers toujours trop tôt s'invite,
Dit une autre voisine abreuvant à son sein
Son nourrisson chéri; de l'éternel dessein
Nulle de nous ici ne connaît le mystère,
Croyons en la bonté du Maître de la terre :
Lui, cruel à ce point que de laisser partir
Nos fils et nos maris!... pour les faire engloutir...
Et nous tuer aussi! Survivrais-je à ma perte?
Oh! quel vide, bon Dieu! dans la maison déserte!
Jeanne qui tette ici, pour la dernière fois
Eût donné tout à l'heure avec ses petits doigts
La caresse enfantine à son père?... et l'abîme
Oserait?... Non... non... non, ce dévoûment sublime
Porte bonheur, allez! et moi, moi je sais bien
Que la Vierge bénit le pêcheur bon chrétien.
— Chut! fit une autre femme agitant sa lumière
Et se hissant au point culminant d'une pierre :
Regardez, regardez, voyez-vous par moment,
Sur le dos de la vague et sur l'aile du vent,
Paraître une lueur tantôt blanchâtre ou rouge?...
— « Ecoutez!... écoutez! que pas une ne bouge!...
Dit une autre collant son oreille au terrain :
Est-ce la voix de l'homme ou le son de l'airain?
Il me semble pourtant que l'ouragan apporte
Comme une voix de cuivre; hélas! le vent l'emporte! »
— A ces mots, il se fait un silence profond
Troublé par les soupirs, les battements que font
Les poumons palpitants aux poitrines gonflées,
Et détendant parfois les haleines enflées,
Quand le cœur inquiet, près de s'évanouir,
Brise la digue au sang qu'il ne peut contenir.
Chacune écoute et veut percer dans la nuit sombre
Ce drame où son destin se décide dans l'ombre.
Mais on n'entend, hélas! que rugir sur les flots

Tous les vents déchaînés se mêlant aux sanglots
De la mouette qui pleure et rase de son aile
La frange d'argent-vif dont la vague étincelle.
Tout à coup, plus de crainte ! espoir, espoir certain :
Ce feu douteux naguère, il brille au mât lointain ;
Il avance, il approche et parfois il dessine
La voile d'un canot qui s'élève et s'incline ;
Et lorsque la rafale accourt en mugissant,
Elle apporte encor vague et comme gémissant
Le bruit qu'aux longues voix fait une bouche humaine;
Mais, ô nouvelle angoisse, ô comble de la peine !
Sur trois canots partis un seul revient hélas !
Les deux autres, grand Dieu ! seraient-ils coulés bas
— Comme aux enterrements, on voit au cimetière
Chacun porter son culte à sa propre poussière,
A sa famille, aux siens, à son sang préféré,
S'agenouiller auprès du long saule éploré ;
Ainsi dans l'égoïsme où les met la souffrance,
Chacune à cet esquif envoie une espérance
Sans songer que sa cale et ses flancs trop étroits
Ne peuvent contenir tous les marins des trois.
Il approche, il approche.... En ce moment, l'orage
Semble apaiser son cours et sous un noir nuage
La lune apparaissant laisse voir au canot
Un seul homme qui lutte et maîtrise le flot.
— Est-ce toi, mon époux; toi, mon fils ou mon frère ?
Pensent sur le rempart épouse, sœur et mère.
— Est-ce toi? Viens, oh! viens ! Tout-à-coup, ô douleur !
Ce n'est pas lui, mon Dieu !... C'est Simon ! quel malheur
Va-t-il nous annoncer ? Jetons-lui ce cordage...
— « Femmes, rassurez-vous et reprenez courage,
Dit Simon de retour : rien n'est encor perdu,
Grâce à Garibaldi ! » — Dans le steamer fendu,
En vain on puisait l'eau submergeant l'équipage,

Quand notre jeune ami s'écrie : « A l'abordage !
Sauvons les voyageurs et faisons des radeaux. »
Il ordonne et déjà nous lions aux tonneaux
Les mâts, les madriers, tout ce qui flotte et nage.
— « Alerte ! dit Joseph : d'un solide amarrage,
Attachez bois et planche et montez tous sans peur
Sur les restes unis du malheureux vapeur.
Vite, rangez-vous tous sur ce pont en silence,
Cramponnez-vous, veillez, redoutez l'imprudence. »
Il dit. On obéit à son commandement.
Dieu l'inspirait sans doute. — « Et toi, solidement,
Toi, Simon, me dit-il, attache et fixe en tête
Les canots arrachés à l'aveugle tempête.
Puis monté sur le tien, pars et va rassurer
Nos mères, nos parents qui doivent nous pleurer,
Et dis-leur que dès l'aube ils verront au rivage
Le radeau du salut ramenant l'équipage... »
Il achève et déjà le gouffre tout béant
Se ferme sur sa proie et gronde en écumant.
Car la mer est jalouse et voit avec envie
Le radeau surnageant qui transporte la vie.
— Femmes, croyez-moi donc, Garibaldi n'est plus
Un être comme nous ; il est de ces élus
Que le Seigneur au front marque de son étoile.
Lorsque je les quittai je le vis à la voile,
Dirigeant le radeau qui voguait lentement
Et craquait sous les bonds du terrible élément.
Ils viennent... — Mais s'il est dans Nizza la vaillante,
D'autres hommes de cœur, leur rame vigilante
Doit voler au secours des frères en chemin.
Vite, réveillez-les... et que, d'un coup de main,
Nous courions protéger cette flotte hardie !
— Oui, répondit le groupe et comme l'incendie
Fait lever tout le monde, ébranlons le tocsin,

Crions toutes : « Au port ! » Alors, comme un essaim,
Se disperse en tous sens le groupe dans la rue.
A ces cris alarmants, dans le port accourue
Une foule se presse et dans l'anxiété,
Interroge, demande, attend la vérité...
C'est alors que Simon sur le rempart se lève
Et les harangue ainsi : « Mes amis, sur la grève
Vous verrez à coup sûr vos frères, vos parents
Echouer, les uns morts, d'autres meurtris, mourants,
Si vous ne venez pas (il en est temps encore)
Naviguer de conserve une heure avant l'aurore.
S'ils vont à la dérive, au large et sous le vent,
Tout est fini ! Partons, car à chaque moment,
Leur fanal allumé, si le jour vient à naître,
En s'effaçant bientôt ne pourra plus paraître.
Honneur à l'homme brave ! il ne redoute pas,
Pour sauver son semblable un illustre trépas !
Suivez-moi donc, amis, et Nice dans l'histoire
De ses vaillants marins vous couvrira de gloire ! »
Il achève. — A sa mère, en un suprême adieu,
Il donne un long baiser et la confie à Dieu !
Puis il part et sa barque avec le vent arrière,
Vole comme une flèche. — A sa suite derrière,
Il voit d'autres canots luttant avec ardeur.
« Courage, leur dit-il, ramons avec vigueur,
Explorons le lointain. — Oui, ma croyance est sûre,
Nous allons voir briller en cette nuit obscure,
Le fanal du radeau... — Mais écoutez !... je crois
Les entendre appeler à coups de porte-voix.
Si ce n'est le mistral ce sont des cris funèbres...
Ce sont eux ! plus de doute... ils sont dans les ténèbres !
L'huile manque à leur lampe, ils avancent sans voir...
Nos lanternes auront ranimé leur espoir.
Ecoutez ! c'est bien lui ! J'ai la ferme assurance

Que Giuseppe nous hêle appelant délivrance.
Je reconnais sa voix et je puis distinguer
Ses ordres... — Il nous dit, amis, de naviguer
De front, de nous tenir à plus proche distance,
D'apprêter le cordage et la gaffe à l'avance. »
Cependant, mesurant leur force avec accord
Ils dirigent leur voile en ramant de bâbord.
Mais Simon les gouverne et sa voile rapide
Obéit à l'appel de Joseph qui les guide.
Energiques rameurs, ils atteignent enfin
Le théâtre mouvant où de ce drame humain
Chaque péripétie effrayante déroule
Des scènes de pitié que ballotte la houle.
— O douleur ! voyez-vous ce malheureux vieillard
La tête entre ses mains, gémissant à l'écart
Sur le corps affaissé d'un blond jeune homme pâle?
Il semble que la lune avec son front d'opale
Veuille échancrer la nûe et d'un reflet tremblant,
Éclairer ce tableau qui vogue lentement :
— A côté du vieux père une femme couchée
Tient sa fille à son sein fortement attachée.
Celle-ci, jeune vierge aux longs cheveux soyeux,
D'un regard immobile au ciel fixe ses yeux
Où perlent quelques pleurs dont l'eau se cristallise
Et tremble sur les cils; est-ce frayeur, surprise ?
Mais à son inertie, hélas! on cherche en vain
Si le mutisme afflige un tel chef-d'œuvre humain,
Car on dirait un marbre; et sur sa blanche idole,
La mère pleure et craint qu'elle meure ou soit folle.
En langue américaine, elle lui dit parfois.
« Je suis ta mère, Adda! » Mais, sourde à cette voix,
Adda ne comprend plus, pas même les caresses
De Black son terre-neuve : il joue avec les tresses
Que le sel fit raidir dans ses cheveux épars;

Son œil quêteur épie au fond des yeux hagards
Un signe d'amitié pour lui, sauveur fidèle
Qui trois fois dans la mer s'élançant après elle,
L'en retira vivante et fier de son trésor...
C'est en vain qu'il la lèche, aboie et lèche encor :
Insensible est Adda dont la main frêle et douce
Te flattait, pauvre Black, avant cette secousse !
Près de ce groupe étaient deux jeunes prêtres morts,
Dont les fronts purs et blancs, sans rides ni remords,
Dévoilaient un état plein de béatitude.
Un troisième accablé, brisé de lassitude,
S'appuyait d'une main, et de ses deux amis
De l'autre il bénissait les yeux clos, endormis,
Endormis pour jamais ! — Lisant son bréviaire,
Il invoquait son Dieu qui du missionnaire
Avait tranché les jours à la fleur du printemps ;
Puis au jeune pilote aussi, de temps en temps,
Ce soldat de la foi, d'une prière ardente,
Envoyait des élans d'âme reconnaissante ;
Car lorsque l'on voulut jeter au gouffre noir
Leurs cadavres, l'ami soudain au désespoir,
S'était couché sur eux faisant cette prière:
« Oh ! Seigneur ! que ce soit aussi l'heure dernière ! »
Mais Joseph avait dit : « Non, ne séparez plus
Ces trois frères unis. » — Auprès d'eux, confondus,
De nombreux voyageurs de tous rangs, toutes classes,
Des planches de salut se disputaient les places.
— Ici, d'un vieux soldat le regard mâle et sûr
Ou contemplait la foule ou le lointain obscur ;
Auprès de lui deux sœurs, non, deux anges sur terre
Roulaient entre leurs doigts le consolant rosaire ;
Sous leur cornette blanche on lisait leur mépris
Pour la mort. — Et plus loin, au milieu des débris,
Comptant tous les objets arrachés au naufrage,

Des marchands calculaient leur faible sauvetage,
Et l'un d'eux consterné, s'arrachant les cheveux,
Disait en sanglotant : « Ruiné, malheureux ! »
Auprès de lui, contraste et folle insouciance !
Ses deux fils se livraient aux jeux de leur enfance !
— Puis pêle-mêle encor, des groupes entassés
Laissaient lire l'effroi sur leurs traits affaissés ;
Redoutant la disette et la lente agonie,
Ils ménageaient le pain avec parcimonie.
Dans ces repas muets, arrosés de longs pleurs,
Plus d'une mère, hélas ! prévoyant des malheurs,
Gardait pour tous ses fils sa part de nourriture,
Tandis qu'elle endurait la cruelle morsure
De la faim, de la soif ; ses entrailles pourtant,
Secrète volupté ! jouissaient du tourment
De ce beau sacrifice !... — O l'amour de la mère !
Il germa sur la croix sanglante du calvaire !...
Oh ! pitié pour celui qui ne l'a pas connu
Ce pur amour du ciel, sur terre descendu !...

. . . .

Cependant, protégé par la prompte voilure
Des barques, le radeau prend une vive allure :
Giuseppe le gouverne, et tous les matelots
Rament comme un seul homme et dominent les flots.
A travers les écueils le jeune capitaine
D'un coup d'œil assuré les dirige et les mène.
Son habile manœuvre a ranimé l'espoir !
Tout à coup, ô bonheur ! on vient d'apercevoir
Le phare de Nizza, dont l'aurore naissante
Fait pâlir la lumière encore vacillante !
— Terre ! terre ! s'écrie en joyeuse rumeur
Le radeau bénissant l'intrépide sauveur !
Et l'équipage ému sent palpiter son âme,
Sans craindre le roulis, ni le poids de la lame

Qui déferle bruyante et vient jusqu'à leur front
Leur jeter ses regrets comme un jaloux affront.
Terre ! terre ! entend-on ; puis d'élan sympathique
Le prêtre et les deux sœurs entonnent le cantique
De l'*Ave Maria* que répètent en chœur
Ces voix mornes naguère, où chante le bonheur !
Cet hosanna s'élève et va jusqu'à la rive
Frapper l'écho vivant de la foule attentive
Qui répond par ces cris unanimes, joyeux :
— « Gloire, gloire à Joseph, l'enfant chéri des cieux ! »
Et lorsqu'on eut pris terre et sauvé l'équipage,
Recueilli les débris échappés du naufrage,
En prodiguant les soins et les urgents secours,
On entendit partout : « Il a sauvé mes jours ! »
Mais lui, modeste et tendre, en embrassant sa mère :
« Venez, venez, rentrons bien vite à la chaumière ! »
—Nouveau Christophe alors, dans ses bras, fort, puissant,
Son père l'emporta tout fier, tout triomphant.]

FIN DU DEUXIÈME CHANT.

CHANT TROISIÈME

—

ARGÚMENT.

Jeunesse de Garibaldi. — Officier dans la marine
Sarde. — Vœux. — Gènes. — Maison de Savoie. —
Nice. — Sa mère. — Draguignan. — Marseille. — La
peste. — Rio-Janeiro.

Pareil au bûcheron qu'avant sa rude tâche
L'arbre de la forêt voit aiguiser sa hache
Pour donner à l'acier un tranchant plus certain,
Déjà Garibaldi, d'une robuste main,
S'essayait aux travaux d'un long apprentissage
Et pour l'humanité dévouait son courage.
Ils ne sont pas bercés sur la mousse et les fleurs
Ceux que l'Ètre suprême a choisis pour acteurs
Devant vouer leur âme au rôle humanitaire !
Pour mieux les pénétrer du but égalitaire,
Il leur donna la crèche ou l'indigent berceau,
Et les tit tous passer sous le rude niveau
Dont la base a pour angle ou souffrance ou misère,
Au chemin de la vie, âpre, épineux calvaire.
Car pour mieux gouverner le troupeau des humains,
Il faut bronzer son cœur et ses calleuses mains
Afin de surmonter toute pâle faiblesse :
A ces leçons Joseph instruisit sa jeunesse.
Ses talents de marin par les Sardes vantés,
Lui valurent bientôt des grades mérités ;

Mais comme il dédaignait l'ambition puérile,
Il méprisait toujours le succès trop facile :
Pour lui tout rang, tout grade était un pur devoir,
Et loin de s'y complaire il ne faisait qu'y voir
Une charge, un mandat que jamais ne décline
L'homme qui sent en soi tinter la voix divine.
Loin d'oublier surtout ses amis malheureux,
S'il cherchait à grandir ce n'était que pour eux,
Pour Nizza, pour sa mère, et sa belle patrie
Qui remplissait son cœur d'amour, d'idolâtrie.
Nouveau Masaniello, l'aimant avec ardeur,
Il sentait bouillonner sa jalouse fureur
En songeant qu'elle était et meurtrie et captive
Dans les fers de l'Autriche.—Et quand parfois, plaintive,
Tu laissais de ton cœur exhaler un soupir
Pour baisser tristement la tête et t'assoupir,
Alors nouveau Persée, attendri par tes larmes,
Il rougissait de voir ta pudeur et tes charmes,
Italie — Andromède ! et ton corps tout sanglant
Aux serres des Hapsbourg, au joug avilissant.
Mais les anneaux de fer de la Sainte-Alliance
Se rivaient sur l'Europe, honteuse décadence !
Il semblait que les rois eussent tous encor peur
Du grand aigle cloué sur son roc de malheur;
Aussi, le flot, venant mourir à Sainte-Hélène,
Apportait des sanglots avec des bruits de chaîne :
La hache, le couteau, le râle du martyr
Venaient, triste concert, jusqu'à toi retentir,
Jusqu'à ton âme en pleurs, immortel capitaine !
Captif, tu regrettais, plainte tardive et vaine,
De n'avoir pas compris le rôle du sauveur
Qui sur la liberté s'appuie en fondateur,
Oh ! qu'alors Washington, Franklin et La Fayette,
Et la jeune Amérique en ta puissante tête

Ont dû souvent passer et troubler tes esprits !
Méditant sur ta gloire en deuil et les débris
Des drapeaux, des lauriers déchirés dans la boue,
Oh ! que parfois le rouge a dû brûler ta joue,
De penser que l'épée et le canon vainqueurs
Des empires ne sont que les prompts destructeurs,
Et que t'étant joué de l'humaine matière,
La liberté roula morte dans la poussière!
Toi qui ne compris pas Fulton et la vapeur,
Toi qui d'un vrai génie avais blessé le cœur;
Car de Chateaubriand cherchant en vain l'estime,
Tu n'obtins que ces mots : « Le despotisme est crime ! »
Tu regrettas trop tard ce levier souverain :
Le peuple intelligent sans bâillon et sans frein
Eclairé par les feux divins et les lumières
Que la liberté donne aux vaillants caractères;
Nos pères, amoureux du chêne et du laurier,
Ne savaient pas hélas ! qu'un rude et dur guerrier,
Loin de nous affranchir nous plonge à l'esclavage.
Aussi quand tu tombas, la colère sauvage
Des rois victorieux forgea des fers plus forts
Pour leurs sujets vaincus, et garrottant ton corps,
Tous ces vautours jaloux fouillaient à Sainte-Hélène,
Ton âme repentante. — Oh ! dors, mon capitaine,
Dors dans la crypte sombre auprès de tes soldats!
Mais lorsque les tambours ou l'airain des combats
Roulent un bruit de gloire au fond de tes ténèbres,
Tu soupires, guerrier, puis en râles funèbres,
Lorsque vient expirer ce bruit sonore et vain,
Dans ta couche de plomb tu t'agites en vain;
L'élan de ton grand cœur qui se dilate et prie,
S'adresse à Dieu clément pour que ta dynastie
Ait toujours pour boussole au navire : Équité,
L'aiguille du progrès, la sûre liberté !

— Dieu t'écoute, géant ! . . . . . : . . .

. . . .

. . . . Cependant Joseph veille...
A Gêne un cri d'alarme en frappant son oreille,
Se mêle aux longs sanglots, aux gémissements sourds
Qu'étouffent les fusils et le bruit des tambours :
C'est la jeune Italie avec sa voix souffrante !
Mazzini lui voua sa plume indépendante.
Soudain à cet appel, Spartacus révolté,
Le peuple secouait le joug si détesté
Du roi Charles-Félix dont les trahisons viles
Et les cruelles mains ensanglantaient les villes
De Naples à Modène au royaume Lombard...
— Allons, hardi marin, lève aussi l'étendard
De la révolte armée, aide le Génois brave,
Délivre ton pays de ses liens d'esclave.
La révolte est sacrée alors que du tyran
Il faut punir le crime et rendre à Carignan
Le trône que l'on prit à lui fils de Savoie.
A cet appel vengeur, une secrète joie
T'enivre, bon Joseph ! car la noble maison
Adore l'Italie et si la trahison
Ne l'avait écartée avec ruse, artifice,
Au peuple elle eût donné son règne de justice,
Et par Charles-Albert reprenant tous ses droits
L'Italie eût béni le modèle des rois.
— Erreur, ô bon Joseph ! Carlo-Alberto lui-même
Va du tyran Félix ceindre le diadème.
— De quel vertige, hélas ! est-il donc entouré
Ce hochet de l'orgueil dont l'homme est enivré?
Puisqu'à peine à son front, ô coupable folie !
Charles-Albert déjà dans le parjure oublie
Ce noble amour du peuple et devient son bourreau ;
Cruel, il va donner d'un supplice nouveau

La méthode qu'il croit répressive, infamante.
— Patriotes, malheur à votre foi brûlante !
Vous serez garrottés, fixés à des poteaux.
Là, de lâches soldats, vous ajustant au dos,
Accompliront le vœu du tigre sanguinaire
Qui croit déshonorer en tuant par derrière.
Il se trompe ! ô martyrs, Tolla, Tamburelli,
Miglio, Biglia, Luciano, Gavoli,
Ruffini, Vochieri, vivez grands dans l'histoire,
Nobles martyrs ! Mais lui ! du sanglant répertoire
Il grossit les feuillets, et la dent du remords
Ronge ces rois damnés coupables de vos morts.
— Quel que soit le fauteur de crime ou d'injustice,
S'il triomphe ici-bas et si l'amer calice
Vous abreuve de fiel, ô cœurs trop généreux,
Soyez forts en tombant ! Sur vos fronts glorieux
Se tresseront le myrte et la jaune immortelle ;
Le temps, le temps vengeur, de sa voix solennelle,
Montrera votre exemple et dira vos vertus
Pour donner de la force aux lutteurs abattus ;
Et l'ange du devoir, propice aux hécatombes,
De respect et d'amour entourera vos tombes ;
Sous leur marbre ou leur pierre en de touchants échos,
Frémiront doucement vos cendres et vos os :
Le prix du sacrifice à votre renommée
Sera d'un pur encens la suave fumée
Qui toujours vers le ciel en nuages d'argent,
Ira jusqu'au Très-Haut dans le bleu firmament !
Gloire à toi, Mazzini qui, dans ton âme ardente,
Elevas un autel à ta captive amante !
Gloire à toi qui brisas le premier les anneaux
Que lui mettaient aux mains ses ignobles bourreaux,
Qui lui vouas ta foi sans relâche, sans trève !
Noble apôtre, sois fier de ton vaillant élève !

C'est toi qui par la plume allumas dans les airs
Ce signal : Liberté ! qu'annoncent des éclairs !
Dans l'antique Phocée, à ta chaude parole,
Joseph aimait déjà sa poétique idole ;
Dans tes bras, sur ton sein il jurait à jamais
Qu'il allait la venger des odieux forfaits
Qu'elle endurait encor... — Mais un traître à Genève,
Ramorino noyait dans le sang votre rêve ;
Deux héros prisonniers, Volontieri, Borrel,
Tombaient, nouveaux martyrs, atteints d'un plomb mortel
— Toi, brûlé par la fièvre ardente, corrosive,
Tu t'évanouissais, Mazzini, sur la rive ;
Tes amis te sauvaient des dangers de Carra...
— Nuit fatale ! Échappant toi-même, à Sarzana,
Mon paladin Joseph, pour ta dame captive
Tu commences ta vie errante, fugitive...
Sous des habits d'emprunt et d'agrestes dehors,
Fuis, déserte Eurydice, évite mille morts,
Car déjà ce navire entouré de gendarmes
Tremble de voir passer tes frères par les armes ;
A travers les périls voyage jour et nuit,
Marche, marche toujours ; et quelquefois sans bruit
Escalade un vieux mur et traverse à la nage
Les fleuves, les torrents qui barrent ton passage.
C'est bien ! Après dix jours et dix nuits de dangers,
Foule un sol où tes pas ne sont point étrangers.
Pour rendre grâce à Dieu de ta sauve Odyssée,
Jeune Ulysse ou Brutus ! donne à ta fiancée
Le baiser du retour, étreins ce sol si cher
Et jure de venger ta Nizza par le fer !
Mais en te relevant ne sens-tu pas encore
Une flamme secrète, un feu qui te dévore ?
N'es-tu pas attiré par un aimant vainqueur,
Une étoile polaire appelant ton bon cœur ?

— Oh ! va donc rassurer cette mère chérie,
Celle en qui tu puisas l'amour de la patrie,
Celle qui t'a porté dans ses flancs généreux,
Qui plus tard t'a nourri de son lait vigoureux,
Lorsque l'ange des forts, t'abritant dé son aile,
Dans vos âmes dardait la céleste étincelle.
— Prends donc garde... avertis !... de la joie à la peur
Il n'est qu'un pas trop brusque et souvent un malheur.
Change en deuil un plaisir, une subite ivresse...
— Ménage ton retour, prépare sa tendresse...
. . . .
Mais tu l'avais prévu ! fils attentif, prudent.
Oh bonheur ! la voici sur ton sein palpitant.
Mêlant ses pleurs aux tiens ! — De sa poitrine émue
Qu'un vif élan d'amour et soulève et remue,
Tu recueilles, Joseph, ce maternel soupir,
Longue extase muette où le ciel doit s'ouvrir,
Où l'âme parle à l'âme, où comme un bon génie
L'esprit pur fait ouïr sa divine harmonie,
Où le silence vaut mieux qu'un langage humain,
Quand l'être entier vibrant d'une étreinte de main,
Sent courir dans la veine, et rapide et profonde,
Cette effluve d'amour, gage d'un meilleur monde...
. . . .
. . . .
Oh! goûtez en secret ces fortunés instants,
Échangez ces adieux de vos cœurs haletants!
Hâte-toi, fugitif ! si l'aube éclairait Nice,
Ta présence pourrait éveiller la police,
Il faut mettre une trève aux doux embrassements...
— « Quoi! déjà !... » dit la mère. . . . .
. . . . — « Hélas ! à tous moments,
Un sbire peut trancher nos trop courtes délices...
Mère, adieu, bénis-moi, car à mille supplices

Si ton pauvre Joseph ne pouvait échapper,
De ta lèvre chérie, oh ! qu'il puisse emporter
Ce mot consolateur, espérance dernière :
Ta bénédiction, ô ma pieuse mère ! »
Il dit et s'agenouille, à ses pieds il attend
Ce vœu qui vient du ciel et dans vos cœurs descend,
Mères ! qu'un saint amour embrase et purifie :
« Soyez béni ! mon fils, que Dieu vous sanctifie ! »
. . . .
On lisait dans ces mots qu'entrecoupaient les pleurs,
Pauvre mère ! un réveil de saignantes douleurs...

. . . .
Ils se taisaient tous deux... le fils, sur une absence,
Tremblait d'interroger, de rompre le silence ;
Leurs regards disaient tout... sans proférer un son,
La voix des yeux parlait du deuil de la maison...
Tout à coup faiblissant et s'affaissant à terre,
Joseph en sanglotant s'écrie : Hélas ! mon père...
Mort !... qui sait? par ma faute et Dieu ne voulut pas
Que ce père adoré m'ouvrît encor ses bras,
Afin de m'accorder dans un regard suprême
Son généreux pardon. ». . . . .
. . . . — « Aussi vrai que je t'aime !
O mon Giuseppe ! va, ton père en me quittant,
Nous bénissait tous deux ; sa voix en s'éteignant
A murmuré ton nom ; sa parole dernière
N'était pour toi qu'amour, regrets, tendre prière... »
Lui dit-elle en prenant sa main avec effort...
— « Oh ! merci ! fit Joseph, je redeviens plus fort...
A présent je peux fuir, mais vers son tertre humide,
Que ton bras, bonne mère, hors de Nice me guide ;
Viens au champ du repos, viens mêler nos regrets,
Pleurer au mausolée, à l'ombre des cyprès... »

. . . .

. . . .

Ils partirent... L'aurore et la blanche rosée
Diamantaient des fleurs la corolle irisée,
Mais Nizza, lasse encor du sommeil de la nuit,
Ne revit pas Giuseppe... et tous les deux sans bruit
S'éloignèrent furtifs ; puis, dans le cimetière,
Purent s'agenouiller sur une froide pierre.
Là, Joseph écartant les tiges des pavots,
Fit éclater son âme en douloureux sanglots;
Interrogeant la mousse et les feuilles de lierre,
Il invoquait en vain les mânes de son père !
Et ses larmes tombaient brûlantes sur le sol...
— Harmonieux contraste ! un joyeux rossignol
Jetait sa note au ciel et sa voix claire et pure
Enivrait de plaisir l'attentive nature.
— « Oh ! tu l'entends, ami, ce poétique oiseau ?
Il vient nous avertir, messager du tombeau,
Que l'âme de ton père, et ravie et plus libre,
D'amour et de tendresse à notre oreille vibre;
Il nous prévient qu'un jour en un monde meilleur,
Tous trois nous chanterons cet hymne de bonheur.
Courage, mon enfant, va, suis la destinée
Qui t'éloigne de moi !... ta mère infortunée,
Soumise, se résigne aux décrets du Seigneur
Qui pour l'humanité voua ton vaillant cœur. »

. . . .

— O mère courageuse ! ô trois fois sainte mère !
Tu verses ta grandeur jusqu'en mon caractère...
Par ces restes sacrés que je ne puis revoir,
Je jure d'obéir en homme à mon devoir.
Je veux en bon chrétien voir en tout homme un frère,
L'aimer et le servir, soulager sa misère... »
Ayant dit, sur la tombe une troisième fois,
Il s'incline et du fond de son âme une voix

S'élance et fait frémir cette poussière aimée;
Puis, prenant quelques fleurs, relique parfumée,
Il part ayant encore en un dernier adieu
Confondu dans son cœur et sa mère et son Dieu;
Il part, mais sans oser regarder en arrière...
Il part l'âme flétrie... à présent, sa carrière
Ne heurte à chaque pas qu'épines, ronces, deuil
La lutte sans victoire, au retour un cercueil...
Et dans ce noir cercueil l'homme qui de sa vie
Excitait de l'honneur la pure et noble envie.
— Car à quoi bon lutter? mon pauvre père, hélas!
Ne me bénira plus, ne m'ouvrira ses bras!...
Je ne pourrai jamais sur sa tête si chère
Tresser mes verts lauriers... et je laisse ma mère!

. . . .

Ingrat, ambitieux, fugitif, errant, seul...
Préparé-je déjà (qui sait?) le blanc linceul
De ma mère chérie? Ah! Dieu par trop sévère!
Qu'ai-je fait pour ainsi mériter ta colère?
Si tu veux m'éprouver, ne livre, Dieu cruel!...
Ne livre qu'à moi seul cet inégal duel...
Reprends ma vie, épargne au moins tous ceux que j'aime!
Mais qu'ai-je dit, mon Dieu? pardonne à mon blasphème!
Si je dois succomber sous le poids de tes coups,
Frappe, voici ma tête, apaise ton courroux...

. . . .

— Et toi, du haut du ciel, ta dernière demeure,
O mon père! vois-tu dans quel trouble à cette heure
Je fuis loin de ta cendre, accablé du remord
De n'avoir pu fermer tes yeux au lit de mort...

. . . .

. . . .

— Oh! mon triste proscrit! que de noires pensées!...
Et pourtant Philomèle en notes cadencées

Te perle au loin ses chants, et Nice avec amour
Se baigne ce matin dans l'éther d'un beau jour…
Mais tu n'écoutes rien, ton âme pleine d'ombre,
Au lieu d'azur ne voit qu'un gros nuage sombre…
— Eh bien ! marche toujours, Giuseppe, devant toi,
Suis ton destin, il faut te soumettre à sa loi.
— Voici le Var ! tu vas de son onde courante
Traverser la largeur, porter ta vie errante,
Jusque sur l'autre rive en France où tout d'abord
T'attendent la prison et la peine de mort,
Si tu n'es comme Achille, héros invulnérable,
Car tes persécuteurs t'ignorent imprenable !
— Hâte-toi d'échapper à tous ces vils suppôts
De la délation, durs limiers des impôts ;
Evite Draguignan, cherche asile à Marseille
Où ton nom condamné va frapper ton oreille…
Ashavérus, sans peur poursuis donc ton chemin ,
Et lorsque la fatigue et la criante faim
Viendront te tourmenter, entre à l'hôtellerie
Où crédule et voyant quelque sorcellerie,
L'amphitryon peureux gagné par Béranger,
Protégera ta fuite exempte de danger.
Il voudra tout d'abord dans un excès de zèle,
T'arrêter ; mais au son doré de l'escarcelle,
Puis au refrain vainqueur du maître chansonnier,
Tu verras s'attendrir le féroce hôtelier :
Le Dieu des bonnes gens aura fait ce miracle.
C'est bien, tu peux gagner Marseille sans obstacle.
Et là sous un faux nom, étudiant deux ans,
Dans le célèbre Euclide agrandis tes talents ;
Las du calme à Tunis va porter ton épée,
Poursuis avec vigueur ta guerrière épopée.
— A d'autres le foyer, le paisible travail…
Mais à toi, bon Joseph ! il faut le gouvernail,

Le grand mât du navire et la voile qui s'enfle,
Il te faut pour coupole et pour parvis du temple
La coupole du ciel, le parvis de la mer !
Où ton cœur de marin s'épanouit plus fier.
— Frère de Canaris, ce géant de ta taille,
Il te faut comme à lui la navale bataille !
Dans la flotte contraire il faut de tes brûlots
Promener le panache enflammé sur les flots,
Voir leur langue de feu d'un sinistre incendie
Lécher le pavillon ou la voile ennemie,
Et voir la gueule rouge au canon du sabord
Vomir dans la fumée à tribord et bâbord
Le fer qui plonge et perce une large trouée
Dans le flanc des vaisseaux où l'eau s'est engouffrée,
Afin que la victoire entonnant ses hourras,
Dise que l'ennemi vient d'être coulé bas.
Il faut il faut encor à ton âpre courage,
L'épisode sanglant du terrible abordage,
Afin qu'un contre trois, le soldat enhardi
S'écrie en te suivant : « Vive Garibaldi ! »
Mais, hélas ! tu n'as point à bord de ta corvette,
L'élément valeureux que ta force regrette ;
Tu n'as pour matelots que de vils musulmans,
Soldats fanatisés par d'aveugles imans ;
Qu'importe à ta valeur ? ta confiance espère
Par l'exemple changer leur faible caractère ;
Tu crois ramener pur vers le bey de Tunis,
L'équipage à ta garde, à ton honneur commis ?
Trop confiant Joseph, ta crédule vaillance
Qui n'a jamais connu la peur, la défaillance,
Ignore qu'en secret l'assassin matelot
Trame contre ta vie un criminel complot...
Ton yatagan qui n'a jamais vu d'imposture,
Ni de trahison noire est calme à ta ceinture,

Comme tes pistolets au pommeau ciselé,
Dont le plomb jusqu'ici n'avait encor volé
Qu'au cœur des ennemis dans la mêlée ardente...
Leur gueule à ton côté dort tranquille, pendante...
Aucun léger soupçon n'agite ton sommeil.
Aussi, ferme et sans trouble, au grand Jean Bart pareil
Tu fumerais, je crois, près de la soute à poudre
Ton cigare, sans peur de réveiller la foudre!...

. . . .

. . . .

Cependant l'équipage a semblé ce matin,
Dans l'ombre murmurer un bruit sourd et mutin;
Un meneur insurgé contre la discipline,
Ouvrant son cafetan, tire de sa poitrine
Un stylet qu'il agite en prononçant ces mots :
« Par Mahomet! jurons tous ici, matelots,
Que ce chien de chrétien, qui nous blesse et torture,
Aura son châtiment par cette pointe sûre...
— Figurez-vous, amis, qu'hier, hier encor
Je gagnais sur Boül quelques piastres d'or;
J'allais les ramasser quand brutal il écarte
Et culbute du pied notre enjeu, notre carte.
— « Je défends de jouer!... pour récidive, aux fers! »
Nous dit-il s'éloignant, sombre avec ses grands airs...
Comme un vil espion lui-même il fait sa ronde,
Il épie et sait tout, veille sur tout le monde...
Il nous fait travailler, nous accable de maux,
Enfin nous assimile à de bas animaux...
— Par Allah! trouvez-vous la discipline aimable;
Et puis, que mangez-vous à votre maigre table?
Du biscuit tout pourri que dédaigne le ver.
N'avez-vous pas assez jeûné tous, cet hiver?
Et cela pour un chien de chrétien que l'on nomme

Pane Le Marseillais (1) que je nie être un homme...
Enfin si je le manque il faut promettre ici
Que pas un d'entre vous ne lui fera merci !
Son cadavre à la mer purgera notre haine ;
Après vous nommerez un autre capitaine...
Je sais qu'en ce moment dans son hamac il dort :
Allons vers sa cabine et donnons-lui la mort. »

. . . .

Il annonçait son meurtre, et le sicaire infâme
Par prudence essayait le tranchant de sa lame ;
Excitant de son mieux leur haine, leur fureur
Il ajoute : — « Sachez, même à défaut du cœur,
Que ce bon catalan, d'une simple piqûre,
Lui promet sur le coup sa mortelle blessure...
D'un pirate kabyle il me vint par rançon,
Il fut trempé d'une herbe au corrosif poison
Dont un Maure avait seul le suc et la recette...
Amis, sans plus tarder, veillez à la dunette,
Aux écoutes, partout... moi, dans l'ombre en rampant...
Je vais... tout sera dit... je reviens à l'instant. »

. . . .

Son poignard à la main, le traître qui s'incline,
Glisse comme un serpent jusques à la cabine...
Il entre... fait effort et levant son couteau,
Poignarde le hamac... O surprise ! un manteau
Reçoit le coup perfide et l'assassin qui tremble
Entend battre un rappel... l'équipage s'assemble...

. . . .

Parmi les révoltés, Garibaldi debout,
S'avance calme et dit : « Assassins, je sais tout...
Si quelqu'un veut oser attenter à ma vie,

(1) Pour échapper aux recherches, Garibaldi avait pris le nom
de Pane.

Qu'il vienne, je l'attends... » De silence est suivie
Cette invitation ; et loin d'être en rumeur,
Les lâches conjurés sont saisis de frayeur.
Mais quand Abdul paraît (lui qui manqua son crime),
Un murmure léger court, rapide, unanime,
S'élève dans les rangs de ces vils factieux ;
A peine avec dédain, sur lui levant les yeux,
Garibaldi s'écrie : « Approche, misérable,
Viens recevoir le prix du meurtre épouvantable
Dont tu me menaçais et que ton châtiment,
Pour tes complices soit un avertissement... »
. . . .
Abdul alors se ploie ainsi qu'une panthère,
Simule en suppliant et se roulant à terre,
De demander pardon ; mais le lâche assassin
Cache et tient le couteau perfide dans son sein.
Et, lorsqu'il a bien cru mesurer la distance,
Le chacal fait un bond, se relève, s'élance,
Brandissant l'yatagan qui scintille dans l'air...
Garibaldi, plus prompt, d'un coup de revolver
Abat le scélérat qui tombe à la renverse,
Dont la main crispe encor cette lame perverse...
Puis, repoussant du pied le cadavre maudit,
Qui sous le froid trépas s'étend et se raidit,
— « Approchez, leur dit-il, voyez cet air farouche !
Son sang noir à longs flots s'échappe de sa bouche...
S'il est quelqu'un de vous qui veuille l'imiter,
Mon revolver est prêt, et je vais répéter...
Mais la peur a saisi l'équipage complice,
Qui recule devant cet acte de justice...
Garibaldi, marchant d'un pas ferme sur eux,
Leur intime cet ordre : « Ecoutez, malheureux !
Pour mieux vous infliger un redoutable exemple,
Je veux qu'à tout instant votre œil puni contemple,

Au mât de la corvette et sur un pilori,
Le nom de l'assassin Abdul qui s'est flétri.
Et même avant d'aller mouiller à quelque hâvre,
Je veux pendant trois jours que l'ignoble cadavre
Sur l'infamant poteau reste attaché, pendu
Comme un objet de honte... — Allez! c'est entendu. »
. . . .
A ces mots, le second fait exécuter l'ordre ;
Puis après ces lueurs de trouble, de désordre,
Devant la fermeté de ce chef aussi fort,
Tout rentra dans le calme et le silence à bord.
Et le corps attaché sur le mât de trinquette,
Abdul flottant servait d'exemple à la corvette...
Le service en devint plus actif et plus prompt ;
Et si Garibaldi paraissait, sur son front
Les révoltés vaincus prévenaient sa pensée,
Voulant par le devoir, de leur faute passée
Faire oublier l'horreur ; mais le juste mépris
Du maître répondait à ces mutins soumis.
Car il n'ignorait pas que l'esclave perfide,
Servile sait cacher son instinct homicide.
Aussi, désespérant de types aussi bas,
Il prit congé du bey, de ses lâches soldats,
Dès qu'il eut accompli son mandat maritime ;
Ignorant la vengeance, il fut trop magnanime
Pour songer à descendre au rôle accusateur.
Connaissant la justice humaine et sa lenteur,
Le juge souverain était sa conscience
Qui lui dictait la loi de sa propre défense ;
Et lorsqu'il infligeait une peine au délit,
Ce n'était qu'à regret... après, tout était dit...

. . . .
— Quand le roi des forêts, dans son antre sauvage,
De ses inférieurs entend gronder la rage,

A peine daigne-t-il écouter la rumeur ;
Mais si le bruit grossit, approche avec fureur,
Il hérisse les crins drus de sa fauve tête ;
Sa prunelle de feu présage la tempête.
Il pousse en se levant un rugissement sourd ;
Puis, s'il daigne sortir d'un pas lent, grave, lourd,
Et s'il voit à portée une imprudente proie,
D'un seul bond il s'élance, il l'abat et la broie...
Ainsi, justice est faite... Après le châtiment,
Tout se tait, le lion rentre alors lentement.

. . . .

Cependant, sous le coup d'une triste pensée,
Joseph sur un vapeur fait voile vers Phocée ;
Mais son âme s'afflige et rougit de savoir
Que l'homme abâtardi méconnaît son devoir ;
Que s'il est arriéré souvent par l'ignorance,
Aveuglé par l'erreur d'une fausse croyance,
La faute en est aux chefs, pasteurs intéressés
Qui tiennent à dessein leurs troupeaux divisés
En les abrutissant par l'aveugle matière,
Pour les faire croupir dégradés dans l'ornière ;
Et lui qui voudrait voir l'homme au front noble et droit,
Juste dans son devoir, mais ferme dans son droit,
Il souffre de penser que l'humaine nature
Est souvent le jouet de quelque main impure,
Le marchepied offert à des ambitions
Qui savent exploiter les basses passions.
Alors pris de douleur, inquiet, plein de doute,
Il médite à l'écart, en secret il écoute
La voix intérieure ; il craint, nouveau Brutus,
Que l'amitié, l'amour, le progrès, les vertus
Ne soient plus que des mots et sonores et vides,
Et sur son cœur, lac pur, il sent courir des rides.
Le miroir transparent perd de son vif éclat ;

Intrépide lutteur, au début du combat,
Du doute il a reçu la flèche empoisonnée :
Il voit l'espèce humaine à jamais condamnée
A la division, à l'inégalité ;
Son rêve fraternel dans l'incrédulité
Fane son aile blanche ; ironique et cruelle,
La vie à sa raison apparaît trop réelle ;
Et comme Childe-Harold, sceptique pèlerin,
Au flot noir qu'il sillonne il mêle son chagrin.
Toutefois, ce n'est pas sur la harpe dorée
Qu'il exhale en passant l'élégie éplorée ;
Mieux que Childe l'ingrat, Giuseppe entend gémir
Son cœur trop généreux qui vient de se meurtrir.
Mais loin de blasphémer, il regrette en silence
Son sublime idéal dont la chute commence ;
Loin de maudire Dieu, sacrilége ou moqueur,
Il s'incline devant cette amère rigueur...
Résigné, calme, fort, il juge qu'il est sage
D'espérer, de combattre avec plus de courage.

. . . .

Son front s'est déridé. Sur le pont du vapeur,
Il promène un regard sur chaque voyageur ;
Et sa vue est soudain attendrie et charmée,
En posant sur un groupe à figure enjouée :
— C'étaient de beaux enfants que le ciel africain
Avait bistrés, cuivrés sur le sol marocain ;
Quelques-uns pris à Fez, d'autres en Barbarie,
Avaient été vendus aux côtes d'Algérie.
L'Egyptien sans cœur, qui spéculait sur eux,
Avait coupé, rasé leurs cheveux noirs, laineux,
Et tous, jeunes garçons comme petites filles,
Conservaient sur le corps des lambeaux, des guenilles,
Dont les trous laissaient voir au cuivre de la peau,
Les types différents de ce riche tableau.

— Oh! que Decamps, Vernet, les Fromentin, les Frère
Eussent de leurs pinceaux fait jaillir la lumière,
En copiant ces traits où l'ocre au brun mêlé
Se fondait dans un sang par le soleil brûlé !
Oh! qu'ils eussent aimé de leur chaude palette,
Verser le vif éclat d'une jaune amulette
Sur le col basané de ces pauvres enfants.
Garibaldi pensait que leurs pères croyants,
Leurs mères attachant ces symboles fidèles,
Ne se doutaient hélas ! qu'un jour, quittant leurs ailes,
Tous ces oiseaux chéris bien loin de leurs smalas,
S'en iraient affronter le ciel d'autres climats.
La pitié descendait dans sa belle âme tendre :
— « Ces jeunes parias ne pourront plus entendre
La voix qui leur apprit au mois du nouvel an,
A bégayer : Allah! aux jours du Ramazan ;
Et pendant le Beïram, ils n'iront plus en fête
Prier et recevoir le pardon du prophète...
Orphelins du désert pris dans les razzias,
On les a trafiqués pour quelques mouzaïas ;
Et les assimilant à d'innocentes bêtes,
Ainsi qu'à des agneaux on a marqué leurs têtes...
On les trouva sans doute associant leurs jeux,
Avec le jeune faon, la gazelle aux doux yeux ;
Quand ils se lutinaient sous la tente effondrée
Au milieu des débris de l'horrible mêlée...
Et le marchand de Thor au dos de ses chameaux,
Les ayant entassés avec tous ses fardeaux,
Les aura fait partir vers la route du Caire,
Espérant les changer pour un beau dromadaire ;
Après d'autres trafics le troupeau prisonnier,
Trouva pour acheteur cet honnête aumônier. »

. . . .

. . . .

Conjecturant ainsi, Giuseppe dans le groupe
Prit le premier venu de l'enfantine troupe;
Et puis baisant son front, le pressant sur son cœur,
Il surprit dans ses yeux un éclair de valeur.
Ah! c'est que, magnétisme et naturel fluide,
L'enfant chassait de race, et cavalier numide
Son père l'emportant au feu sur son cheval,
L'avait déjà nourri d'un instinct martial;
Aussi quand ton baiser vint effleurer sa joue,
Où la pure innocence avec la candeur joue,
Tout à coup une odeur de poudre, un souvenir,
Ainsi qu'un luth vibrant l'ont fait tout tressaillir...
— C'est qu'il a reconnu dans ta guerrière haleine,
L'amour de la bataille, ô mon grand capitaine!
— « Mon père, dit Giuseppe à ce religieux
Qui de ses orphelins n'écartait pas les yeux,
Votre coup de filet a fait riche capture;
Sans doute leur rachat vida votre ceinture?
Si vous voulez permettre au nom du bon pasteur
Qui rapporte au bercail la brebis du Seigneur,
Pour vos doux agnelets je viens de ces piastres,
Offrir l'heureux hommage. — A d'horribles désastres,
Par vos mains de sauveur ils viennent d'échapper...
— « C'est Dieu qui vous envoie et je dois accepter
Cette offrande du cœur, dit l'homme vénérable.
Bientôt grâces à vous leur ami secourable,
Ils pourront à Paris, dans de pieuses mains,
Suivre mieux du progrès les plus larges chemins;
Car je vais les mener à l'école des frères,
Où leurs petits cerveaux s'ouvriront aux lumières.
— « Mon père, dit Joseph, il faut les élever
En Chrétiens primitifs, il faut leur faire aimer
Le devoir fils du droit et le pur sacrifice;
En cette vie il faut même à l'amer calice

Habituer leur lèvre afin que la liqueur
N'aille pas de son fiel empoisonner leur cœur. »
L'aumônier lui dit : « Voyageur charitable,
Sachez bien qu'avant tout, pour la commune table.
Je dois former leur âme, afin qu'en un beau jour
Elle s'embrase au feu du fraternel amour !
Oh ! si le Seigneur daigne exaucer ma prière,
Je veux continuer, de l'abbé de Saint-Pierre,
La mission divine, et mes petits soldats
Livreront, à leur tour, de généreux combats
Contre tous les faux dieux du monde et ses idoles :
Pour armes, nous n'aurons que de saintes paroles. »

. . . .

— « Qu'à jamais Dieu, séchant la source de nos pleurs,
Anéantisse, enfin, la guerre et ses fureurs !
Mais, hélas ! je crains bien, digne missionnaire,
Que le dernier soupir de l'infernale guerre
N'aille pas de sitôt s'exhaler d'ici-bas...
Babel vivra toujours ! on ne se comprend pas.
Les hommes sont méchants ! Les races, la patrie.
L'orgueil des nations, pompeuse barbarie !
Tout se divise, et quand la pauvre humanité,
Dans un concert d'amour et de fraternité,
Devrait mener les chœurs à l'ombre des grands chênes,
Et dans les blés fleuris, elle aime mieux les chaînes.
Au lieu d'ouvrir à tous de libres horizons,
Les hommes pervertis ne rêvent que prisons ;
Au nom d'un vain progrès obstruant leurs frontières,
Toujours les insensés se donnent des barrières ! »

. . . .

Ainsi Garibaldi devisait quelquefois.
L'aumônier fervent, appuyé sur la croix,
Ramenait à l'espoir cette âme désolée.

. . . .

A quelques jours de là, comme un noir mausolée,
Marseille (en deuil) parut, et plus d'un voyageur,
Du choléra-morbus éprouvant la terreur,
Voulut au lazaret attendre, en quarantaine,
Un ordre de départ, ou de fuite prochaine;
Mais Giuseppe, sans peur du terrible fléau,
Va porter des secours. . . . .
. . . . A l'effrayant tableau
Son âme ne peut être un seul instant troublée!
Ainsi qu'un sarcophage, en ce moment, Phocée
Est sombre et triste à voir : un silence de mort
La couvre d'un linceul; et seulement au port
On peut apercevoir des groupes solitaires
Qui viennent décharger leurs funèbres civières!...
C'est, tour à tour, l'aïeul, l'enfant, le jeune époux
Que poursuit le typhus de son mortel courroux,
Le typhus les atteint jusqu'en leur sépulture,
Il filtre dans la terre une semence impure;
L'air est comme infecté de malsaines odeurs,
L'humus rejette au loin les poisons corrupteurs;
La mer, en son dégoût, revomit sur la plage
Le détritus infect de tout ce qui surnage.
Le glas ne sonne plus à l'airain du clocher;
L'égoïsme et la peur, loin de les rapprocher,
Ont fait fuir les mortels de cette terre aride.
L'archange noir, planant de son aile livide,
Enveloppe la ville et la glace d'effroi...
De la morne cité le typhus seul est roi!
Garibaldi, pourtant, rappelant Desgenettes
Et Belzunce, en héros, a toujours les mains prêtes
Aux plus urgents secours, si bien que son grand cœur
Raffermit le moral, et dissipe la peur!
O bienfait de l'exemple! il entraîne à sa suite
Tous ceux que le danger invitait à la fuite.

Actif et vigilant, il prévoit les moyens
Qui ramènent l'espoir des tremblants citoyens;
Enfin, communiquant à tous son assurance,
On voit luire bientôt un rayon d'espérance;
Tout à l'heure abattue, on revoit la cité
Vivre et combattre aussi, pleine de fermeté!
Le fléau disparaît, et ta tâche est finie.
Pars donc, ô mon héros! et que ta voix bénie,
Echo de Providence, aille en d'autres climats,
Pour ta cause sacrée, enflammer tes soldats!

FIN DU TROISIÈME CHANT.

CHANT QUATRIÈME

ARGUMENT.

Les rochers d'Hy-Nel-Héros. — Les plaines orientales.
Garibaldi corsaire. — Mort de Fiorentino. — Garibaldi blessé. — Luigi Carniglia. — Victoire. — Prisonnier à Gualegay. — Léonardo Millan. — L'estrapade. — Il est enchaîné à un forçat. — Madame
Alleman le délivre.

I.

Lorsque d'un vol rapide aux sphères inconnues
L'aigle majestueux fend l'éther et les nues,
L'oiseau-roi semble aller tout droit vers le soleil
Comme dans sa patrie. — A cet aigle pareil,
Joseph a son soleil vers lequel il s'élance ;
Sur l'aile de la foi, sur cet astre, il s'avance ;
Cet astre, ce soleil a pour nom : liberté !
Aussi, soldat-apôtre, en sa course emporté,
A bord du *Nautonier*, sur la croupe atlantique,
Au nouveau-monde il va servir la République,
Se vouer à son culte, et son cœur de héros
Bat de joie en voyant les rocs d'Hy-Nel-Héros (1).
Au Pao-d'Annear (2) il mesure son aire.
— Voyez-le, s'abattant sur cette libre terre .

(1) Près de Rio-Janeiro (eau cachée).
(2) Rocher qui domine Rio-Janeiro.

Et fouler son sol vierge... O splendide cité !
Beau Rio-Janeiro qu'on admire abrité
Par des rochers à pic où le soleil allume
Le feu des blancs micas scintillant sous la brume,
C'est chez toi, sous ton ciel, que le plus pur amour
Va faire, en ce grand cœur, briller un nouveau jour.
— Muse, muse chérie ! oh ! prête-moi tes ailes,
Pour voler au pays des lions, des gazelles,
Pour suivre mon héros sous ces lointains climats,
Aux plaines d'Orient, au milieu des pampas ;
Après Chateaubriand, fais-moi, dans les savanes,
Peindre le baobab, l'arbousier, les lianes ;
Apporte-moi ces sons qu'un virginal écho
Dit après le bulbul, la hulotte à Rio !
L'Uruguay, l'Arroga verront le beau corsaire,
Le corsaire idéal harceler Buénos-Ayre ;
Corsaire !... Entendez-vous, rétrogrades étroits ?...
Forban pour soutenir la justice et ses droits,
Anéantir Rosas, tigre cruel et lâche. —
Corsaire ! il s'en fait gloire, et cette noble tache
Illustre son blason qui n'a pas à rougir
De ces crimes d'orgueil qui devraient avilir.
(Mais ils n'étaient pas tous cruels, ces feudataires,
Tous n'ensanglantaient point ni leurs fiefs ni leurs terres.
Les vrais nobles savaient gagner leur parchemin
En tendant au malheur une vaillante main.
Leurs grands cœurs s'efforçaient, en ces temps de pillage,
D'adoucir les rigueurs d'un honteux vasselage ;
Ils protégeaient le faible, et, même au suzerain,
Jetaient parfois le gant, au nom du genre humain !)
Bien plus ! Garibaldi, de ses armes puissantes,
Protége le berceau des libertés naissantes ;
Et Montévideo doit inscrire à jamais
Aux fastes de sa gloire et de ses plus hauts faits,

Sur le livre où l'épée écrivit ses annales,
A côté du beau nom du grand Bento Gonzales,
Le nom du défenseur et de ses vaillants preux
Qui versèrent pour elle un sang pur, généreux.
— Anzani, Rossetti, Carniglia, vrais braves !
Avec Garibaldi délivrez les esclaves !
Sous Bento Gonzalès, soustrait à leur fureur,
Conquérez vos lauriers dans les champs de l'honneur ;
Oui, déjà le Brésil tremble... et votre courage
Se retrempe aussitôt qu'échappés à la nage
Zambeccari, Gonzale arment vos bras vengeurs (1)
Pour chasser de Rio-Grande les oppresseurs.
— Muse, raconte-moi leur terrible odyssée !
Dis-moi cette iliade où, tant de fois blessée,
L'âme de l'Italie a pleuré ses héros
Qui, pour la liberté, s'abîmaient dans les flots,
En leurs sanglants combats contre les lancyones.
Donne un linceul de gloire aux mânes alcyones
Que la vague plaintive, au hamac écumant,
Berce, loin du pays, sous le bleu firmament !

II

L'ancre est levée aux vents d'une légère brise.
— Pars, mais avec prudence ! évite la surprise.
Veille, veille, équipage ! apporte sur le pont
L'arsénal de défense ! et si l'on te répond
Par un signal ami, par un drapeau de frère,
Double Jésus Maria ; vogue, mon beau corsaire !

(1) Bento Gonzalès, président de Rio-Grande, et Zambeccari, son
secrétaire, prisonniers de guerre à Santa-Cruz, s'évadèrent à la nage.

Mais alerte ! à la voile ! aperçois-tu, là-bas,
Deux barques?...—Leur couleur?—Je ne la connais pas.
— « Rendez-vous, ou, sinon, feu sur la goëlette ! »
—Aux armes ! viens la prendre, à répondre elle est prête !
Et déjà, le mousquet au poing, Garibaldi
Aimante d'un regard Lodola, Lamberti...
Courage, feu nourri ! Carniglia, Pasquale,
Soutenons bravement cette lutte inégale !
— Charge, ajuste et riposte, habile Maurizio !
— Aux bras, voiles devant ! Vite, Fiorentino !
Ciel ! mon jardin de droite est accroché ! j'enrage !...
Repoussons l'ennemi qui monte au bastingage !
Hachons les imprudents... le fusil meurtrier
Roule son bruit funèbre... — Enfer ! le timonier
Ne peut plus obéir... sa main, toujours habile,
Quitte le gouvernail et retombe immobile.
— Fiorentino ! ton front se couvre de pâleur,
Ton œil se voile... un coup mortel te frappe au cœur !
Un instant, la fumée entr'ouvrant son nuage,
Laisse voir la pâleur qui couvre ton visage.
Ta tête est renversée : au ciel, tes yeux hagards
Semblent avoir fixé leurs suprêmes regards :
Sur ta lèvre glacée, on lit, dans un sourire,
L'adieu qu'à ton pays ton âme a voulu dire.
Et, sans doute, un nom cher, un tendre souvenir,
Dans ton souffle suprême ont vibré pour s'unir.
Repose, cher pilote ! à ton dangereux poste,
Garibaldi te venge, il manœuvre, il riposte
Au feu de l'ennemi. Des deux mains, de la voix,
Il gouverne, il commande et combat à la fois.
Au milieu des éclairs de l'humaine tempête,
Quand le plomb vole et siffle, on voit planer sa tête,
Comme un de ces guerriers, combattants glorieux
Qu'Homère avait placés sous l'égide des dieux !

Au milieu du fracas, la voix du capitaine
Annonce la victoire infaillible et prochaine ;
Le timon obéit, l'écoute de tribord
Tremble aux bonds des boulets vomis par le sabord.
Mais, ô malheur ! Joseph est frappé d'une balle,
Il tombe en te laissant la bataille navale,
« A toi, Carniglia, son zélé défenseur !
Mitraille l'ennemi de ce tromblon vainqueur (1) ;
En voyant ton Joseph blessé, soudain, ta rage
Enflamme le combat, qui devient un carnage !
Ton arme sème au loin l'impitoyable mort. »
A chaque coup l'on voit se redresser plus fort
Ce géant musculeux, et son plomb homicide
Décime l'ennemi, dont la fuite est rapide.
Et lui, le fort athlète ! aussi tendre, aussi doux
Qu'il est brave et terrible en proie à son courroux,
Après cette bataille, apaisant sa colère,
Etanche avec bonté, comme aurait fait sa mère,
Le sang de son Joseph, ce sang qui vient rougir
Le linge que la poudre a d'abord fait noircir !
Garibaldi, sentant verser sur sa souffrance
Ce baume d'amitié, plein de reconnaissance,
Sur le seuil de la tombe, en héroïque amant,
Exprime ainsi ses vœux, comme son testament :
— « O bon Luigi ! dit-il, entr'ouvrant sa paupière,
S'il ne m'est pas donné d'aller, près de ma mère,
Revoir le sol chéri qui me reçut au jour,
Frère d'armes ! promets ton culte à mon amour !
— Italie, Italie ! ô chère prisonnière !
Je te lègue un vengeur à mon heure dernière :
Carniglia pourra dire, en brisant tes fers,
Les maux que, loin de toi, nous avons tous soufferts ;

(1) Avec son tromblon Carniglia mit l'ennemi en fuite.

4.

Et si la liberté perdit ses frères d'armes,
Il te dira leurs vœux... — Mais sèche donc tes larmes,
Mon cher Carniglia! — Comme Fiorentino,
Je ne reverrai plus Chiaïa ni Prattino;
Et comme son cadavre, hélas! sans sépulture,
Le mien aux loups des mers va servir de pâture;
La vague, s'entr'ouvrant sur mon corps déjà froid,
Sera ma seule tombe!... — Ah! sous un tertre étroit
Que la ronce et le lierre enlacent et protégent,
Qui, de neige paré quand les frimas l'assiégent,
Se couvre de gazon à la saison des fleurs
Exhalant vers le ciel de suaves odeurs;
·Ah! j'eusse préféré que mon humble poussière
Fût mêlée aux parfums de sa modeste pierre,
Où notre nom inscrit rappelle à l'amitié
Que notre cendre, au moins, est digne de pitié!
Cette couche odorante est alors arrosée
De larmes de regrets, bienfaisante rosée;
Il semble qu'on tressaille, et que la vie encor,
La séve, en pénétrant dans les corolles d'or,
Rayonne en se perdant au sein de la nature,
Herbe, arôme ou gazon, couronne toujours pure. »
Luigi n'entendait pas; dévorant ses sanglots,
Il tenait ses regards désolés sur les flots
Et cachait sa douleur en détournant la vue,
Attendant que la voix lui fût enfin rendue,
Pour adresser, au moins, quelques bons mots d'espoir
Au pauvre ami mourant qu'il trompait, saint devoir!
— « Courage, cher Joseph! trêve aux vaines alarmes!
Tu guériras, mon frère, et tes vaillantes armes
Sauveront l'Italie. Au peuple, avec fierté,
Tu diras : Spartacus, reprends ta liberté!
Contemple ce drapeau, pavillon héroïque,
Les balles l'ont troué, vive la république!

Va, nous le planterons, un jour, au Vatican.
Naples, Palerme, alors, du fond de leur volcan,
Verront jaillir l'éclair. Quelque nouveau Moïse
Montrera le chemin de la terre promise.
Oui, frère, l'Italie à son réveil crîra :
— « Garibaldi paraît ! qui l'aime le suivra ! »
L'Europe, à ton appel, entendra sur sa base
S'écrouler le vieux monde ; une nouvelle phase
S'ouvrira pour le droit et pour l'humanité.
Alors, comme un rayon de la divinité,
Tout homme émancipé portera la lumière
Et deviendra vainqueur de l'aveugle matière.
Plus de combats, alors, mais de nobles travaux
Où, poètes, savants, en fraternels rivaux,
S'uniront pour ravir (plus heureux Prométhées),
Jusqu'à l'âme de Dieu les sciences sacrées !...
Pour voir cette Genèse au nouvel âge d'or,
Guéris-toi, cher martyr, il faut combattre encor... »
Puis, en garde-malade, avec sollicitude,
Cet ami, dont le cœur adoucit la main rude,
Etanche avec respect un sang pur et vermeil.
Grâce à ces tendres soins, un bienfaisant sommeil
S'empare du héros, et, tandis qu'il repose,
Luigi, l'œil attaché sur sa paupière close,
Surveille incessamment ; quand un roulis trop fort
Menace ce repos, qui peut être la mort,
Pour amortir le choc, il arrange, il apprête
Sa veste en oreiller, la pose sous sa tête,
Et la vague berceuse entraîne vers le port (1)
Le blessé que Luigi veut ravir à son sort !
Hélas ! à ce tourment causé par sa blessure,

(1) Carniglia fut obligé de fuir ce port appartenant aux impériaux,
et d'y laisser Garibaldi attendant sa guérison.

S'allait joindre bientôt une peine plus dure.
Léonardo Millan ! que ton nom détesté,
Au pilori de honte, à jamais incrusté,
Lègue aux siècles futurs une horrible mémoire,
Et qu'en taches de sang s'écrive ton histoire !...
— C'était à Gualegay, pays de trahison.
Déjà depuis six mois, après sa guérison,
Le pauvre aigle, en ouvrant son aile prisonnière,
Essayait, mais en vain, de regagner son aire.
Millan, Millan le traître, ordonne aux délateurs
De suivre et d'épier ses pas libérateurs.
Auprès de l'Ibiqui (1) croyant rompre sa chaîne,
Le héros veut gagner l'autre rive prochaine (2)...
Fatale illusion ! un coup de feu soudain
Retentit, et l'on voit venir à fond de train,
Au galop des chevaux soulevant la poussière,
Le glaive hors du fourreau, la troupe mercenaire.
— C'en est fait !... à quoi bon combattre et résister?
Un contre vingt!... Maudits, pourquoi le garrotter ?
Les lâches n'ont jamais eu de miséricorde,
Les bandits ont lié ses membres d'une corde,
Puis, au dos d'un cheval, ainsi qu'un vil fardeau,
Ils le traînent devant son infâme bourreau.
— « Dénonce, dit Millan, et nomme-moi de suite
Ceux qui t'ont conseillé cette coupable fuite !
Et le fouet en main, le geste menaçant,
Il attend des aveux. Un regard écrasant,
Un rire dédaigneux, un méprisant silence,
C'est tout ce qu'il obtient. En fureur, il s'élance,
Et d'un coup de lanière il balafre le front
De la noble victime. — A ce sanglant affront
Qui fait bondir son cœur, renvoyant la souillure,

(1-2) L'Ibiqui et le Parana, fleuves d'Entre-Rios.

Joseph, comme à Judas, lui crache à la figure.
— « Eh! bien, malheur à toi! dit le lâche en courroux.
« Resserrez cette corde, attachez ses genoux,
« Liez plus fort les pieds, les poings! et l'estrapade
« Va nous faire raison de sa folle bravade. »
Il dit, et les valets de ce bourreau cruel
Commettent ces forfaits à la face du ciel!
Ils dressent l'estrapade en haut d'une solive,
Et, pour qu'à ses tourments le patient survive,
Sur son corps suspendu, sur son front découvert.
Ils lisent ses douleurs comme en un livre ouvert.
Mais quel pinceau pourrait exprimer ton supplice!
Joseph, ô vrai martyr! du plus amer calice
Ils te font épuiser la lie et le dégoût!
Mais ils ont beau frapper ton corps dont le sang bout,
Quand la fièvre consume et brûle ton artère,
Ton âme de héros réagit libre et fière.
Pour combler ses tourments le hideux alguazil
Voudrait interroger Joseph; qu'espère-t-il?
Il est venu trop tard! Sur ses lèvres éteintes
La voix n'arrive plus. Alors, de sombres craintes
S'emparent de Millan; comme un lâche, il a peur
Que l'atroce forfait soit su du gouverneur,
Et d'avoir à répondre à son maître du crime.
Il ordonne aussitôt de river la victime
Aux flancs d'un meurtrier : « Ce sera son gardien,
Le seul que doive avoir ce misérable chien! »
Ainsi fut fait ; mais Dieu qui pèse en sa balance
Les larmes et le sang, préparait sa vengeance,
Dieu qui sait en tout temps faire la part du mal,
Réservait au martyr un laurier triomphal.
Tout le corps de Joseph n'était plus qu'une plaie :
Dieu fait pleuvoir des fleurs sur l'infamante claie :
Au forçat compagnon de sa captivité

Il envoie un rayon de tendre charité.
Comme au gibet divin, dans sa pleine torture,
On voit le bon larron que la foi transfigure,
Ainsi, près du héros cet autre malfaiteur
Sent la tendre pitié purifier son cœur ;
Si bien qu'avec son nom naguère détestée,
Sa personne flétrie est réhabilitée ;
Et, par un même effet, on cite avec horreur
Léonardo Millan, Echague gouverneur !
Enfin, dans la cité de terreur frémissante,
Apparaît tout à coup, messagère puissante,
Une femme au grand nom, un vivant talisman,
Un envoyé du ciel, c'est madame Alleman (1).
Il semble que l'on voit fondre la tyrannie
Sous le souffle éthéré de cet heureux génie.
Sur son front calme et pur empreint de majesté,
Plane comme un rayon de suprême équité.
Dès qu'en son noir cachot la fée est descendue,
De Joseph, à sa voix, la chaîne s'est rompue ;
Et le peuple, adressant au martyr son adieu,
Exaltait le beau nom d'Alleman jusqu'à Dieu !
La ville s'entretient de cette délivrance,
Comme s'il s'agissait de son indépendance.
D'un triomphe éphémère épouvantant les cœurs,
La tyrannie enfin cède à d'humbles vainqueurs.
Ce colosse d'orgueil a les pieds dans la fange.
Un mot sacré sorti de la bouche d'un ange
A suffi pour briser sa vaine autorité :
Garibaldi renaît avec la liberté !

(1) Garibaldi dut sa délivrance à madame Alleman. (Mémoires de Garibaldi.)

FIN DU QUATRIÈME CHANT.

CHANT CINQUIÈME

—

ARGUMENT.

Passage à Montévidéo. — Cunéo , Castellini , Rossetti.
— Arrivée au Piratinin. — Bento-Gonzales. — Ma-
noela. — L'Estancia della Rarba. — Retour des amis
Bilbao.— Sylva.—Raphaël.—Nacemento.—Edouard
Mutru. — Luigi Carniglia. — Grigs commande le
Seïval, et Garibaldi le Rio-Pardo. — Les récifs du lac
Tramaï. — Naufrage. — Mutru , Carniglia. — Coup
de mer. — Cri du cœur.

Le marin, échappant aux coups de la tempête,
Tend sa voile avec joie et redresse la tête,
Tel on revoit Giuseppe, oubliant tous ses maux,
Raffermi, s'élancer à des exploits nouveaux.
Il quitte Bajada, s'embarque à l'embouchure
De l'Iguan, et poussé par sa prompte voilure,
De Montévidéo, le pilote joyeux
Salue à l'horizon les murs trois fois heureux.
C'est là que l'amitié des nobles frères d'armes
L'attendait pour confondre et les cœurs et les larmes.
Rossetti, Cunéo, l'aimant Castellini
Exaltent ce retour qu'un Dieu juste a béni.
Mais de peur d'éveiller la police endormie,
Il faut furtivement serrer sa main amie.

Suivi d'un compagnon, le vaillant pèlerin
Dirige son essor vers le Piratinin.
A prompt escotero (1), la nuit, par les campagnes,
Il chevauche à travers les plaines, les montagnes,
Les sentiers odorants, les forêts d'orangers,
Des pampas évitant les multiples dangers.
La nature féroce y chasse, rampe, guette
Sous les traits du jaguar, du serpent à sonnette.
Parmi les taquaros (2), ou sous le bananier,
Le tigre attend sa proie, espoir de son charnier.
Mais la peur le retient dans son antre et dans l'ombre,
Des gauchos qu'il entend il redoute le nombre.
Le galop des coursiers dans les airs retentit,
Et se mêle au bruit sourd du torrent qui bondit.
Rio, qui coule en paix au fond de la savane,
Laisse passer à gué toute la caravane.
Après avoir brouté l'herbe au suc nourrissant,
Les chevaux altérés plongent en hennissant
Leurs naseaux tout fumants au cours pur de son onde,
Et reprennent vigueur. — O vraiment nouveau monde!
Que chez toi l'homme est fort! et comme ses poumons
Aspirent à longs traits l'air libre des lions !
Combien, en pénétrant aux campestres (3) clairières,
Trouve-t-on de cités franches, hospitalières!
— Lages et Vaccaria, vous Lima da Serra,
Quiconque à vos foyers un instant s'asseoira,
S'écriera, ressentant l'attrait d'une âme pure :
« C'est le matin de l'homme au cœur de la nature! »

(1) Ce mode de voyage, plus rapide que la poste, consiste à courir avec une troupe de chevaux habitués à suivre les cavaliers et à ne perdre que fort peu de temps à changer les montures fatiguées.

(2) Roseau de quatre-vingts pieds.

(3) Nom des clairières.

Dans ce berceau d'amour, pour rafraîchir leur front,
Nos voyageurs lassés bientôt reposeront.
Le beau Piratinin comme une voix s'élève ;
C'est Los Patos (1) qui vient murmurer sur la grève
De mille estancias les rustiques chansons
Dont la douce lagune aime à dire les sons.
S'approchant du hameau, les cavales poudreuses
Redoublent de courage alertes et joyeuses.
Halte ! voici le but ! — Un guerrier tout heureux
Reçoit les voyageurs : — « Salut aux courageux
Qui viennent seconder la cause libérale...
Soyez les bienvenus ! Près de Bento-Gonzale !
Sous mon estancia (2) vous aurez le repos
Et le repas frugal qui convient aux héros !
— Entrez, amis, entrez ! Manoela, ma fille,
Ces frères, ces guerriers sont de notre famille. »
De sa Manoela grâce aux soins empressés
Les apprêts du festin sont aussitôt dressés.
Anna, sa blonde sœur, Antonia, sa mère
L'aident dans les détails de l'œuvre hospitalière.
Mais devant cette vierge au regard tendre et doux
Le héros tout ému sent fléchir ses genoux.
Puissance magnétique, où, plus prompt que la foudre,
L'amour enflamme un cœur comme un baril de poudre !
C'est le rayon divin d'un pouvoir sans pareil,
Qui pénètre notre âme ainsi que le soleil.
Quand ce doux séraphin descend sur notre terre,
Il n'apparaît jamais à l'âme trop vulgaire.
D'essence sympathique et de pur sentiment,
Il retrouve toujours son divin aliment
Dans l'homme, ange exilé, seul roi de la nature,

(1) La lagune de Los Patos est le Rio-Grande lui-même.
(2) L'Estancia della Barba.

Qui se souvient des cieux et dont l'âme murmure,
Le tendre souvenir d'un Eden enchanté,
Souvenir qui s'exalte auprès de la beauté !
De sa Manoela la noble et douce image
Resplendit dans son cœur en ravissant mirage,
Et l'ardent patriote, aimant la liberté,
Sent grandir cet amour dans son cœur exalté.
Sur le front de l'amie, ainsi qu'une auréole
Il croit voir de sa foi le magique symbole.
Moringue, Tanaris, tous les impériaux
Sont voués par son glaive aux esprits infernaux.
Au sein de la bataille, enivrant sa pensée,
Manoela, la douce et belle fiancée,
Sera son talisman : mais un sort inhumain,
Hélas ! a disposé de cette chère main !
Au fils du grand Bento, dès l'enfance promise,
Manoela doit être une épouse soumise.
Et l'âme du héros, ténébreuse rigueur,
Doit être encor trempée au creuset du malheur.
Plus tard une autre enfant, vierge du nouveau monde,
Essaîra de guérir la blessure profonde
Que fit, sans le vouloir, naître Manoela !
Mais avant de pouvoir s'écrier : « la voilà ! »
Que de regrets, de deuils dans cette âme voilée
Dont l'amour a déjà le froid du mausolée !
Mais de ce jour néfaste, à peine est-on au soir
Que déjà l'on entend le rappel du devoir!
— Au cri de liberté des peuples en alarmes,
Les héros dispersés vont s'unir sous les armes.
Déjà Nacemento, Raphaël et Mutrus
Ignace Bilbao, Sylva sont accourus
Avec Carniglia ! De quelle étreinte ardente
Luigi presse Joseph ! Sa poitrine haletante
A peine à contenir ses larmes de bonheur.

Quel plaisir ! les voilà rendus au champ d'honneur.
De tous ces exilés de la mère-patrie
L'âme est tout exaltée et la force aguerrie :
Tour à tour ou marins ou hardis cavaliers,
Ils iront à travers mille feux meurtriers,
Repoussant l'ennemi.—Canavarro, Gonzale
Leur décernent déjà la palme triomphale !
Et grâce à l'Italie, à ses fils valeureux,
Dans ces lointains climats on pourra vivre heureux.
Joseph, en son lyrisme héroïque, électrise
Ses braves compagnons, et plus d'une entreprise
Sur les impériaux se fait avec honneur
Tant il a des soldats surexcité l'ardeur.
Sous leur puissante égide, aidée et protégée,
La jeune république est en tous lieux vengée,
Sur la Camacua (1) leurs faibles lancions
Arborent la victoire avec leurs pavillons.
Grigs, l'habile marin du nord de l'Amérique,
Seconde les sauveurs de cette République.
Grigs sur le Seïval, Joseph, sur le Pardo
S'en vont prêter main forte au grand Canavarro.
— Allons, vite à la mer ! A la voile, à la voile !
Ces braves, confiants en leur vaillante étoile,
Par le lac Tramaï se sont tous élancés ;
Mais soudain l'Océan, sur ses flots courroucés,
S'irrite de les voir tenter en téméraires
Le périlleux détroit où grondent ses colères.
Jamais dans cette passe un seul navigateur
N'osa de l'Atlantique affronter la fureur.
Ces écueils, sous la vague, ont caché mille crêtes :
Pour broyer les vaisseaux leurs dents sont toujours prêtes ;

(1) Fleuve ou bras de Los Patos.

Pourtant Joseph et Grigs, évitant le danger,
A travers les récifs ont pu, sans naufrager,
Louvoyer jusqu'au large et de leur ancre sûre
Jeter en pleine mer la prudente morsure.
Plût au ciel qu'en ce lieu, modérant leur transport,
Ils eussent attendu que l'ouragan, moins fort,
Leur permît de poursuivre et terminer leur course !
Mais, dans leur fougue aveugle, au plein de la secousse,
Ils espèrent pouvoir, en surprenant Porto (1)
Seconder les projets du général Bento.
— Eh ! quoi ! vous levez l'ancre et retirez la chaîne !
Arrêtez, malheureux ! Quel démon vous entraîne !
La vague qui se dresse et monte au firmament
Entraîne le Pardo, jouet de l'élément.
Sombre nuit ! C'est en vain qu'aux lueurs du tonnerre
Joseph du haut du mât veut explorer la terre,
C'est en vain qu'il espère, avec ses matelots,
Dominer la tempête et commander aux flots !
Une lame géante, en couvrant le navire,
L'abat sous sa fureur : Rio-Pardo chavire !
Le mât vole en éclats, Joseph, précipité
Dans le gouffre écumant, à vingt pas est jeté.
Mais lui, ce noble cœur, ne songeant qu'à ses frères,
Leur crie en résistant : « Sur vos forces précaires
Gardez-vous de compter. Cramponnez-vous, amis,
Aux restes du Pardo ; Saisissez les débris,
Et livrez-vous ensuite aux hasards de l'abîme,
Inutiles conseils du héros magnanime,
La vague assourdit tout ! un coup de mer plus lourd
Tombe sur le Pardo, qui craque d'un bruit sourd.

---

(1) Porto-Allegre, au pouvoir des Impériaux, assiégé par Bento
Manoel, du côté de la terre.

Par vingt planches, soudain, la carène effondrée
Revient à fleur de mer, et flotte dispersée.
Entraîné par ce coup au fond du gouffre noir,
Joseph échappe encor, surnage et veut revoir
Ses malheureux amis qu'à longs cris il appelle ;
Mais ses efforts sont vains : la tempête cruelle
Hurle et couvre sa voix en détresse, et le vent
Y vient mêler sa plainte en un long sifflement.
Aux sinistres lueurs de l'éclair qui sillonne
La frange de la vague, à ses yeux tourbillonne
Le lugubre tableau de ce drame effrayant.
Quand la lame s'abaisse en son bouillonnement,
Il croit apercevoir quelques-uns de ces braves
Luttant contre la mort, se crispant aux épaves,
Et laissant échapper, dans leurs gémissements,
Le nom de Dieu parmi le choc des éléments.
Entre ces malheureux exhalant leur prière
Et le suprême espoir de leur heure dernière,
Joseph a distingué la voix du cher Mutru :
— « Est-ce toi, pauvre frère, Edouard, m'entends-tu ?
Une plainte répond ; n'écoutant que son âme,
Joseph fend et poursuit la convulsive lame;
Il approche, c'est lui ! mais à son mât brisé
Edouard ne tient plus, car il est épuisé,
Et l'épave échappant à sa main affaiblie
Semble sombrer avec les restes de sa vie...
— « Oh frère ! soutiens-toi, je viens, j'accours t'aider !
Encor quelques instants, et le sort va céder ! »
Hélas ! il est trop tard. Au milieu des ténèbres,
Edouard n'entend plus, de ses longs plis funèbres
Le linceul de la mer le recouvre à jamais.
« C'en est donc fait, mon Dieu ! lui, lui que tant j'aimais,
Je ne le verrai plus ! Sort cruel, ta furie,
Veut ravir les meilleurs de ma chère patrie...

Emporte-moi comme eux, en brisant mon effort. »

. . . .

Mais nouveau désespoir !... Dans ce sombre transport,
A-t-il bien entendu ? Luigi crie à cette heure.
—« Au secours ! cher Joseph, viens avant que je meure ! »
N'est-ce qu'un mauvais rêve ? il écoute d'abord...
Puis, pour voir, il saisit l'écoute de tribord
Qui flotte a ses côtés ; se hissant sur son faîte,
Il regarde... — O mon Dieu ! c'est lui ! « Tourne la tête,
Luigi, je viens à toi, nage encore et toujours,
Repose-toi sur moi ; je réponds de tes jours. »
Et d'un bond s'élançant il plonge, nage, arrive
Près de Carniglia rapproché de la rive.
Luigi, dans ses liens de drap emprisonné,
Ne peut plus se mouvoir ; il est paralysé !
— « Ami, retire-moi cette veste maudite...
La force m'abandonne ! Joseph, arrache vite. »
Pour comble de malheur, pas d'outil sous la main,
Pas un poignard sauveur ! — D'un effort surhumain
Joseph veut enlever cette étoffe de bure
Qui, sous le sel marin, se rétrécit plus dure.
Ses dents n'y peuvent rien et c'est en vain trois fois
Qu'il lacère son ongle, ensanglante ses doigts.
Enfer ! en cet instant, pour assouvir sa rage,
La tempête, en frappant son coup le plus sauvage,
Sépare les amis qu'elle emporte en ses bonds,
Et Joseph plonge encor aux abîmes profonds !
Malgré son dévoûment, il n'étreint que du vide,
Son regard éperdu sur la montagne humide
Interroge, mais rien ! Le démon du malheur
Semble se faire un jeu de sa tendre douleur.
Puis on entend un cri qui va jusqu'aux entrailles :
C'est le tocsin du cœur, le glas des funérailles.
La vague s'en émeut ; l'alcyon, en volant,

Répond au naufragé par un chant désolant.
La mer est assouvie, elle semble apaisée.
Joseph ne lutte plus, et la tête posée
Sur un débris flottant, prêt à narguer le sort,
Pris d'un sourire amer, calme, il attend la mort.

FIN DU CINQUIÈME CHANT.

CHANT SIXIÈME

—

ARGUMENT.

Sur les bords du fleuve Aseringua, Garibaldi appelle en
vain Nacemento, Navone, Staderini, Giovani. —
Sainte Catherine, l'Itaparika. — Morne de la Barra.
— Anita. — Les aveux. — Accueil du père. — Récit
des combats. — Hymen. — Fêtes au Morne et à l'*Itaparika*. — Imbituba. — Défense. — Le lac Imérui. —
Nouveau combat. — Désastres. — Anita. — Le sauvetage. — Grigs. — Raguna. — Funérailles des
héros.

Près de l'Aseringua, l'aurore sur la plage
Montre à Garibaldi les traces du naufrage.
A l'appel (sombre appel!) manquent Staderini,
Nacemento, Navone, Ignace, Giovani, ·
Braves Italiens qui lui disaient naguère :
« Avec toi nous irons porter la sainte guerre
Au cœur de la patrie et nous délivrerons
Nos frères accablés des plus sanglants affronts. »
— Où viennent aboutir ces dévoûment sublimes ?
Comme Carniglia, dans les glauques abîmes
Ils sont tous engloutis! devant de tels malheurs,
Joseph est accablé, les yeux noyés de pleurs ;
Mais il reprend courage en songeant qu'il est père
Du groupe survivant et qui se désespère :

5

« Plus de larmes ! allons dire à Canavarro
De réorganiser les débris du Pardo ! »
A ce signal la troupe en ordre, s'achemine
Vers une estancia de Sainte-Catherine,
Et, dès le lendemain rendue à Giuliana,
Est prête à s'embarquer sur l'Itaparika.
Quand il fut sans témoins, Joseph, dans sa cabine,
Sentit au fond du cœur une lame assassine
Et comme, en quelque sorte, un vautour déchirant,
Il sentit tout son deuil et son isolement !
En peu de temps, hélas ! que d'amitiés éteintes !
Edouard et Luigi, par leurs chaudes étreintes,
Ne l'exalteront plus et pourtant, vivre seul,
N'est-ce pas s'enfermer, vivant, dans un linceul ?
Ils sont vaillants et bons ces soldats d'Amérique ;
Mais ils datent d'hier, et son âme héroïque
S'attendrit aux regrets de ses frères perdus.
Au morne du Barra, ses yeux souvent tendus
Semblent implorer Dieu de finir sa souffrance,
Et de rouvrir en lui la source d'espérance.
— Contemplant le héros, trois Brésiliennes sœurs
Ont paru, de Joseph, comprendre les malheurs.
L'une d'elles surtout, rappelant à son âme
Un type préféré, répand comme un dictame
Sur son cœur ulcéré. Quel air majestueux !
On dirait une reine, alors que de ses yeux
Un éclair a jailli sur Joseph qui l'admire.
Une tendre pitié l'émeut et semble dire :
— « Étranger, vois nos cœurs, et crois qu'il est encor
Pour toi dans l'infortune un précieux trésor ;
Tu peux encore ici, même après la tempête,
Trouver un sein ami pour reposer ta tête.
Non, l'homme n'est pas fait pour passer ici-bas,
Solitaire et chagrin, sans presser en ses bras

Celle que Dieu créa pour compléter sa vie.
Giuseppe, à cette vue, en son âme ravie,
Sent que Dieu veut lui-même apaiser sa douleur,
En plaçant sur sa route un doux consolateur,
Comme un Hâvre de grâce après un dur naufrage,
Merci, Dieu juste et bon ! je sens que mon courage
Va renaître au contact de cette douce enfant. »
Et le cœur relevé de son abaissement,
Au morne du Barra, voyant sa délivrance,
Il croit en son étoile, et reprend espérance.
Mais l'âme des héros aux volontés de fer,
Ame qui forcerait les portes de l'enfer,
Ne peut se contenir quand une fois l'amour
Vient les illuminer d'un tendre et nouveau jour.
Enfin l'aurore naît, l'estancia s'éveille,
Murmurant au travail une hymne sans pareille.
Les guerriers, en chantant, équipent leurs chevaux ;
Les femmes en gaîté vaquent à leurs travaux...
Joseph n'a de soupirs que pour sa jeune fée.
Par l'ardeur du désir, l'âme émue, étouffée,
Il part, et, pour hâter les bienfaits de son sort,
Du morne du Barra son pied franchit le port.
De la maison bénie ayant foulé l'enceinte,
Il approche le cœur tout bondissant de crainte
De celle qui fit naître un si noble transport ;
Puis, d'une voix tremblante et d'un suprême effort :
— « O vierge ! lui dit-il, mon seul vœu, mon envie
Est d'unir à jamais mon âme à votre vie.
Il me semble que Dieu vous mit sur mon chemin
Pour me faire trouver le bonheur dans l'hymen.
Mais je dois avant tout ne pas agir en traître,
Et sans restrictions vous faire bien connaître
La dure mission que j'offre à partager :
« Il me faudrait votre âme au milieu du danger. »

Puis, se mettant alors à peindre la bataille,
Le conteur grandissait ! Sa belle et noble taille
Eblouissait l'esprit de la jeune Anita.
Alors, comme Othello devant Desdemona,
Garibaldi semblait évoquer la figure
D'un héros idéal dominant la nature ;
Et le feu pénétrant d'un amour belliqueux,
Faisait frémir la vierge et fascinait ses yeux.
Au son de cette voix qui ravit ses oreilles,
Anita voit surgir un monde de merveilles :
Des transports inconnus, une sainte fierté
S'emparent de son sein, ivre de liberté !
— « Oh ! dit-elle, merci ! dans la grande famille
Vous me faites entrer, moi, simple et pauvre fille ;
Je sens que je pourrai, par mon cœur, sous vos lois,
Seconder vos travaux et vos brillants exploits.
Mais, à-propos, j'entends sonner la douzième heure,
Mon père va venir, honorez sa demeure,
Restez ! vous fumerez chez nous les calumets,
Et vous échangerez les récits de vos faits. »
Et, comme elle achevait, la famille fidèle,
Des travaux du dehors, à l'heure habituelle,
A son estancia venait se reposer.
— « Salut à l'hôte ami qui vient me visiter,
Fumer mon calumet et s'asseoir à ma table !...
Allons, sers, Anita. » Le vieillard vénérable
A Joseph tend la coupe, et, de joyeuse humeur :
— « Bois d'abord, étranger, et fais-moi cet honneur ! »
Puis tu partageras ces dattes, ces bananes ;
Mais, puisque la hulotte enchante nos savanes,
Peins-nous, de ton pays, de tes lointains climats,
Le beau ciel et les mœurs, et surtout les combats ! »
Joseph, pour obéir à l'aimable prière,
Lui raconta sa vie, iliade guerrière :

Sa parole vibrante, aux accents inspirés,
S'animait aux regards de deux yeux adorés.
Et pendant ces récits où rayonnait la gloire,
Aux lèvres de Joseph se pendait l'auditoire :
Les plus jeunes sentaient bouillonner leur ardeur...
A la fin, le vieux père embrassant le conteur :
— « Tu n'es plus étranger, enfant de l'Italie !
De ton langage pur j'aime la mélodie ;
Près de nous, au foyer, reviens souvent t'asseoir ;
Après tes durs travaux, dans le calme du soir,
Viens pendre ton épée à ces vieilles murailles
Et nous ravir encor par l'écho des batailles.
Joseph le lui promit. Rappelé vers son bord,
Pour quitter le foyer, il lui faut faire effort,
Tant son cœur est rempli d'amour et de tendresse !
Il croit avoir trouvé dans sa brûlante ivresse,
Le divin idéal ; et, tout reconnaissant,
Il élève son cœur vers le Dieu tout-puissant !
Dieu comble son espoir ! sa belle fiancée
A quelques jours de là marchait à l'hyménée,
Le morne du Barra retentissait, joyeux,
De la tendre union qui faisait deux heureux !
A l'Itaparika, les échos de la fête
Apportèrent la joie, et la belle conquête
Y fut reçue avec les vrais élans du cœur,
Tant l'équipage aimait le fortuné vainqueur !
Aussi, les matelots célèbrent sa venue
Par une fête à bord, singulière, inconnue.
Touché de cet accueil, de ce ton fraternel,
Le vieux guerrier, joyeux, dans son cœur paternel,
De voir sa chère fille heureuse, triomphante,
Devenir des marins la Reine bienveillante,
Lui dit : « Tu seras brave au milieu du danger,
Le sang de nos aïeux ne saurait déroger ! »

4.

Versant des pleurs de joie où se peint son ivresse,
Son regard, à sa fille, est comme une caresse.
Les époux fortunés bénissent le Seigneur
De fondre ainsi leur âme en un double bonheur.
Leur cabine est un ciel !... mais l'aube diaphane
Assemble l'équipage aux sons de la diane.
Canavarro s'écrie : — « Aux armes ! le péril
Menace... l'on a vu croiser, près du Brésil,
L'étendard ennemi. Vite, amis, qu'on s'apprête !
Déployons la bannière à chaque goëlette !
Rio-Pardo, *Seïval* et la *Cassapara*
Sont radoubés. (Depuis que le premier sombra,
Joseph put compléter l'œuvre du sauvetage.
Le *Pardo* ne sent plus les effets du naufrage !)
Nuit noire ! il faut pourtant, malgré tout, s'embarquer
Car, gagner la lagune, on peut nous attaquer. »
Anita les inspire, intrépide héroïne !
Le marin sent bondir son cœur dans sa poitrine
Le soin de la défendre enflamme son ardeur.
Aussi, comme elle est belle ! et, comme avec vigueur,
Sans fierté, sans colère, avec âme elle ordonne,
Soutient les défaillants d'un air qui les étonne !
Son noble front n'est pas ombragé d'un cimier,
Son corps n'est pas couvert d'impénétrable acier ;
Ni casque, ni cuirasse ; elle a pour toute armure
L'épée ou le fusil. Sa longue chevelure
Flotte sur son épaule, on dirait à la voir,
Le panache flottant d'un épais casque noir :
La majesté se peint sur toute sa figure,
Son œil vif est profond, et, d'une ligne pure,
Sa bouche sait trouver tout justement les mots
Propres à pénétrer au cœur des matelots.
Autour d'elle, on croirait voir flotter l'auréole
Des héros et des saints. Des marins c'est l'idole !

— « Alerte! leur dit-elle, en ce combat naval,
Soyez dignes de vous! des canons du Seival
Portez la batterie à ce haut promontoire,
Et tous, sur le *Pardo* nous trouverons la gloire! »
Ou si non, abrités des plis de ce drapeau,
Nous saurons conquérir un illustre tombeau! »
Elle dit, et déjà de la mèche allumée
Elle ouvre la bataille; à travers la fumée,
Elle pointe, elle-même, auprès des canonniers,
Les pièces vomissant les boulets meurtriers.
L'ennemi se rapproche et grandit son courage :
— «Préparons-nous, dit-elle, au choc de l'abordage!
En avant! feu nourri! redoublons notre effort!
Que l'ennemi chez nous ne trouve que la mort! »
Garibaldi l'admire et, fier de sa vaillance,
Il craint pour son amour, il craint une imprudence,
Et qu'un fatal destin emporte son bonheur!
Mais le ciel les protége, et devant cette ardeur,
L'ennemi, tout à coup, sans tarder, se retire :
« Son chef frappé, dit-on, d'un coup mortel expire. »
Peut-être est-ce une feinte? à des piéges nouveaux
Il faut s'attendre encore, et, des impériaux
Connaissant la tactique, on dirige la voile
Au lac Imérui. Préservant son étoile,
Joseph, vers la lagune, a l'espoir d'arriver,
Pour éviter la feinte où l'on peut succomber.
Mais l'escadre ennemie a cerné l'embouchure.
Il y faut renoncer. — « Allons, bas la voilure!
Amis! de l'héroïsme! aux plis de son drapeau
Le soldat en mourant s'attache, et son tombeau
Est encore, après tout, noble et digne d'envie.
Se rendre est bon au lâche enivré de la vie.
Pour nous, malgré le nombre, attachons aujourd'hui
Une éternelle gloire au lac Imérui! »

Il dit, puis, Anita, d'une allure héroïque,
Digne de son époux et de la République,
Comme une pythonisse, ayant pour piédestal
Un affût de canon, dit d'un air martial :
— « Soldats ! voici pour nous une grande journée !...
Puisque cette embouchure est maintenant cernée,
Avant d'aller nous joindre au corps de Texeira
Il faut que le *Seival*, *Pardo*, *Cassapara*,
Comme un rempart de fer au bronze impénétrable,
Repoussent l'assaillant, tant soit-il redoutable.
Ayons foi dans la cause ! au peuple du Brésil
Montrons que la valeur grandit dans le péril !
Sachons vaincre ou périr au nom de la patrie ! »
Passant du mot au fait, de chaque batterie
Elle active le tir. Ses coups précipités
Portent partout la mort, et quand, de tous côtés,
Comme une pluie en feu rayonne la mitraille,
Elle garde son calme au fort de la bataille.
Joseph a peur pour elle et tremble pour ses jours,
L'envoie au général demander du secours.
— « Va, dit-il, implorer un renfort nécessaire,
Et pour nous protéger ne quitte pas la terre ! »
Par cet ordre, il espère éloigner sans retour
Du théâtre sanglant Anita son amour ;
Mais bientôt l'héroïne, en son mâle courage,
Revient dire à Joseph la réponse au message.
Hélas ! Canavarro, se voyant sans appui,
Voudrait abandonner le lac Imérui !
— « Sauvez, leur dit Joseph, armes et projectiles,
Suspendez de vos coups les efforts inutiles,
Formons notre retraite ! » Il faut donc obéir...
Garibaldi l'ordonne avec un long soupir !
Il lui faut, vers la côte (ô Dieu cruel ! ô rage !)
Sous mille feux croisés refaire son voyage,

Puis, préparant son âme à de rudes efforts,
Chercher parmi les siens les blessés et les morts.
Sur le pont du navire, après cette tuerie,
Il contemple, en pleurant, l'atroce boucherie !
A travers les horreurs de ces membres épars,
Et de ces morts hideux aux effrayants regards,
Hélas ! il reconnaît Grigs, le grand capitaine !
Il n'illustrera plus la flotte américaine.
Pauvre Grigs ! tout son corps, en lambeaux déchiré,
Atteste son martyre ; et, pourtant inspiré,
Son œil conserve encore un reflet de sa flamme,
Son regard est toujours le miroir de son âme.
Près de lui, Raguna dort du dernier sommeil,
De son corps transpercé s'échappe un sang vermeil.
— « Amis, dit le héros (sentiments magnanimes !),
L'ennemi n'aura point vos dépouilles opimes,
Vous n'assouvirez point l'orgueil de vos vainqueurs.
Je veux à cette honte arracher vos grands cœurs.
L'héroïque bûcher sera vos funérailles !
Adieu, braves, adieu, gloires de nos batailles ! »
Alors, nouvel Achille, il rassemble, en faisceaux,
Tous ces restes humains, puis aux flancs des vaisseaux
Il jette l'incendie, et rame vers la grève
Pour rejoindre Anita. Quand la flamme s'élève
Au ciel, et tourbillonne en colonnes de feu :
— « Vaillants, dit le héros, remontez tous à Dieu ! »

FIN DU CHANT SIXIÈME.

CHANT SEPTIÈME

—

ARGUMENT.

Santa-Vittoria. — Coritibani. — Mello. — Texeira. —
Peichetto. — Retraite. — La forêt. — Famine. —
Picada. — Lages. — Les picadas di Peloffo. — Mala-
Casa. — Pinhurino. — Taquari. — Bento - Gon-
zales. — Les lanciers noirs de Canavarro. — Armées
en présence. — Retraite de l'ennemi. — San-Jose.—
Pillage. Retraite. — Anita prisonnière. — Évasion.
— Les cabecaes d'Espinano. — Saint-Simon. — Me-
notti. — L'amiral Brown. — Intervention anglo-
française.

Noble fille du ciel, muse du grand Homère,
Viens soutenir mon souffle en cette longue guerre,
Où, Joseph, Anita, de péril en péril,
Portent haut le drapeau libéral du Brésil !

. . . .

. . . .

— A peine ont-ils rejoint Texeira, la montagne
Cima-Serra se lève en masse ! la campagne
Se rouvre avec ardeur, le vaillant Arhana,
Grâce à ses alliés, met en fuite Achuna
Qui meurt au Pelatas, la fougueuse rivière ;
Sa troupe débandée est faite prisonnière.
Plus forts par ce combat de Santa-Vittoria,
Les braves triomphants entrent à Vaccaria.

Mais les Impériaux, pour venger leur défaite,
S'avancent plus nombreux : Mello marche à leur tête.
Au milieu de la nuit, au bord du Maromba,
Ils viennent attaquer Lages, Coritiba.
Garibaldi, toujours au poste, crie : « Aux armes ! »
Des coups de feu soudains répandent mille alarmes,
Il faut, pour résister, d'héroïques efforts :
(Texeira, l'imprudent ! a divisé son corps.)
L'astucieux Mello connaît leur petit nombre,
Il feint une retraite et se glisse dans l'ombre.
A l'aube, Texeira, voyant ces faux fuyards,
Croit devoir les poursuivre, et ses soldats épars
Fondent sur eux, pensant en tirer avantage.
Fatale erreur ! Tandis que la troupe s'engage,
Mello coupe ses flancs, y jette la terreur.
Par la masse accablé, le faible tirailleur
Doit se rendre ou mourir ; mais posté sur le faîte
De Coritibani, Joseph de la retraite
Ordonne le signal : — Vous, major Peichetto,
Ralliez vos soldats dispersés par Mello !
Et toi, chère Anita, sauve notre ambulance ! »
Tandis que l'héroïne à cet ordre s'avance,
Avec ses compagnons, comme un rempart d'airain,
Garibaldi défend pied à pied le terrain.
Ils sont douze ! un taillis leur sert de Thermopyle,
En vain, contre eux Mello s'épuise avec ses mille !
Malheur au téméraire, au hardi cavalier
Qui veut fondre sur eux ! Sous le plomb meurtrier,
Il tombe sans pouvoir atteindre l'éminence,
Où, dans le désespoir, grandit la résistance.
A ces coups répétés, Peichetto, Texeira
Amènent des renforts de Cima da Serra.
Le jour fuit, et Mello, croyant toujours surprendre
Ces braves indomptés, leur crie : « Il faut se rendre,

Et vous serez traités avec l'insigne honneur
Qu'on doit à des soldats, à des hommes de cœur. »
Cette offre peut séduire un être faible et lâche,
Mais pour toute réponse, ils luttent sans relâche !
Espérant, à leur tour, profiter de la nuit,
Vers l'obscure forêt se dirigeant sans bruit,
Ils croient être sauvés dans ce désert immense.
Malheureux ! c'est alors que le danger commence !
Sans vivres, sans espoir, hélas ! sans lendemain,
Dans ces épais fourrés ils cherchent un chemin ;
Pour étancher leur soif et calmer leur famine,
Des végétaux sans sucs ils pompent la racine.
L'effroi s'empare d'eux, quelques-uns veulent fuir ;
Garibaldi consent : — « Insensés ! pour mourir,
Vous voulez nous quitter, aller à l'aventure ?
Libre à vous de sortir de la forêt obscure,
Dieu vous sauve ! » A ces mots, l'isolement, la peur
Ramènent aussitôt l'âme du déserteur
Aux ordres du héros qui garde l'espérance.
Enfin, après cinq jours de peine et de souffrance,
Un regard a rendu la force à ces mourants :
Une picada (1) s'offre à leurs yeux expirants
Et les dirige à Lage, où, leur faim assouvie,
Ils reprennent enfin une nouvelle vie.
— Lage avait déserté lâchement ses drapeaux ;
Elle en est bien punie, et des Impériaux
Elle subit le joug, honteuse et sans défense !
Garibaldi voudrait réveiller sa vaillance,
Espérant le concours du brave Portinko.
L'âme un peu raffermie, ils vont à Peloffo,
Gagnent les picadas, mais là, plus d'un piége
Est tendu : l'ennemi, dans l'ombre les assiége,

______

(1) Sentier.

Et parfois, à travers les épais taquaros
Dans un cercle de flamme il poursuit les héros.
Ces sombres guérillas, aux hurlements sauvages,
Font trembler les échos de Serras et de Lages.
Dans les Pampas cachés, ces hommes ténébreux
Accompagnent leurs cris du bruit des coups de feux.
Chaque arbre, chaque tronc de la forêt ardente
Rappelle les forêts et du Tasse et du Dante :
Du sang, des voix, des pleurs et des gémissements,
D'objets inanimés font des êtres vivants.
— Cependant échappés à ces sombres dédales,
Nos guerriers, à Casa, vont rejoindre Gonzales,
Qui, rallié lui-même au chef Canavarro,
A reçu les renforts du général Netto.
Reconstituée ainsi, l'armée impatiente
A des exploits nouveaux aspire, en triomphante.
Par sa marche forcée au grand Pinhurino,
Non loin de Taquari, près de l'Espinano,
Elle arrive, elle campe, et puis elle déroule
Ses flots tumultueux et ses franges de houle :
D'abord les fantassins avec les cavaliers,
Et pour fermer la marche, arrivent les lanciers.
Ces gigantesques noirs, naguère encore esclaves,
La République en fit ses soldats les plus braves.
Sur la forêt d'acier de leurs lances en l'air,
Le soleil ruisselant fait scintiller l'éclair.
Au pied de la montagne, au vallon, dans la plaine,
Le regard de Joseph, exalté, se promène
De l'armée ennemie à son camp tour à tour ;
Et l'on entend déjà résonner le tambour,
Qui va bientôt sonner l'heure de la bataille,
Et chacun va combattre et d'estoc et de taille.
Mais Garibaldi pense, hélas ! qu'au lendemain
De ce jour glorieux, comme un charnier humain

La plaine apparaîtra, terrible, ensanglantée !
Comme à Xerxès jadis (1), son âme est affectée
D'une compassion qui fait couler ses pleurs :
« O liberté ! dit-il, Dieu veuille à tes malheurs
Mettre un terme et qu'enfin douces soient tes annales ! »
L'instant le plus propice échappant à Gonzales
Qui pèche par excès de prudence et de cœur,
L'ennemi, rassuré, se croit déjà vainqueur,
Déçus dans cet espoir de montrer leur courage,
Joseph et ses soldats en pleurèrent de rage.
Après une escarmouche, on dut laisser partir
Tous ceux qu'un choc soudain pouvait anéantir.
Enfin, de leurs regrets l'âme encore épuisée,
Ils tentent d'attaquer en ordre San-Josée.
Là, tout promet victoire ; au fort abandonné
L'assaut, pendant la nuit, est aussitôt donné,
Et la ville, surprise au milieu du silence,
Ne peut leur opposer que faible résistance.
L'affaire ainsi conduite, on vient sans coup férir
Occuper la cité. — Mais qui peut retenir
Des soldats effrénés que la fureur emporte ?
En vain, Garibaldi, d'une voix grave et forte,
Les rappelle au combat ! L'ennemi, tout d'abord,
Remis de sa surprise, a reconquis le fort,
Et l'heureux coup de main se transforme en défaite ;
O honte ! il ne faut plus songer qu'à la retraite.
Joseph, ne comptant plus que sur ses vrais amis,
Et non sur des soldats (2) dignes de son mépris,

---

(1) La comparaison du satrape de l'Asie avec notre héros n'est relative, bien entendu, qu'aux larmes de compassion qu'ils ont versées l'un et l'autre sur les horreurs de la guerre.

(2) C'étaient des prisonniers de guerre, et de nouvelles recrues indisciplinées.

Rassemble autour de lui tous ceux dont l'âme honnête
A la loi du devoir fidèle est toujours prête
Aux plus grands dévouements. Ces braves, ulcérés,
Retournent vers le camp, en colonnes, serrés ;
Et, tandis qu'à Vista leurs débris se reforment,
Les chagrins du héros, près d'Anita, s'endorment ;
Dans un pauvre hameau tout embaumé de fleurs,
La providence amie apaise ses douleurs :
Le ciel, pour compenser son infortune amère,
A permis qu'Anita devienne bientôt mère.
A la ferme Simon, l'heureux Garibaldi
Voit naître son enfant, son bien cher Menotti.
Mais avant ce bonheur, que de périls, de drames,
Aux époux séparés ont déroulé leurs trames !
L'héroïne, au combat, protégeant les blessés,
N'a pas pu préserver ses convois dépassés !
Anita, prisonnière, a dû subir l'injure
D'un vainqueur insolent qui, fier de sa capture,
Marchandait sa rançon ; un regard de mépris
Fut la seule réponse à ce lâche surpris
De tant de dignité. « Puisque de ma prière
Vous vous moquez, dit-il, restez donc prisonnière ! »
Cette noble fierté commande le respect ;
Les chefs et les soldats, humbles, à son aspect,
Rivalisent d'égards pour l'aimable captive.
Enfin, bientôt le jour de délivrance arrive,
Car Dieu ne permet pas qu'un grand et noble cœur
Longtemps de l'esclavage ait à subir l'horreur.
L'héroïne s'enfuit, retournant de la guerre
Visiter le théâtre. A grand'peine elle espère
Ne point trouver Joseph couché parmi les morts.
— La voyez-vous, cherchant à travers tous ces corps !
A la sombre revue offrant son disque pâle,
La lune sur son front jette un reflet d'opale;

Ses yeux étincelants ont de tristes regards ;
Ses cheveux déroulés, aux vents, flottent épars.
Au milieu de ces morts, dépouilles mutilées,
On croirait voir frémir l'ange des mausolées,
Venu pour disputer aux vautours, aux corbeaux,
Les cadavres privés de pleurs et de tombeaux.
Puisqu'elle ne voit pas Joseph, il vit encore !
Son courage est doublé ; si bien, qu'avant l'aurore,
Traversant les forêts du long Pinhurino,
Elle a déjà franchi le mont Espinano.
Dans les cabecaes (1) de lâches sentinelles,
Tendant aux picadas des embûches cruelles,
Se troublent à sa vue et fuient épouvantés ;
Et plus d'un indigène, en ses crédulités,
Croit voir comme un fantôme une ombre fantastique,
Qui vient lui présager un malheur fatidique !
Ou bien la sombre fée, au blanc coursier sans mors,
Qui punit le coupable accablé de remords.
On dirait voir passer ou la trombe ou la foudre,
Au pas de son cheval le torrent vole en poudre.
C'est ainsi qu'hippogriffe, ange, fée ou démon,
Elle put parvenir au hameau Saint-Simon.

.   .   .   .

Maintenant, ce n'est plus qu'une charmante mère
Allaitant son enfant dans une humble chaumière
Où tout manque à la fois. En un tel dénûment,
Joseph marche au secours. Fatal éloignement !
Morinque, qui le guette et le suit à la piste,
Sur la pauvre maison s'élance à l'improviste.
Tout fuit, et l'héroïne avec son Menotti,
Cachée au fond des bois, attend Garibaldi.
Le ciel le lui ramène après deux jours d'attente !

---

(1) Parties impraticables des picadas.

Époux infortunés, ils vont porter leur tente
Près de Capivari, mais au cri du devoir,
A peu de temps de là, l'Uruguay les va voir.
L'escadre anglo-française à leurs faits héroïques
Rend hommage, et l'honneur des jeunes républiques
Fait dire aux généraux : Gloire aux grands citoyens !
Espoir de l'avenir ! gloire aux Italiens !

FIN DU CHANT SEPTIÈME.

CHANT HUITIÈME

—

ARGUMENT.

1848. — Pie IX. — Garibaldi. — La Lombardie. — Charles-Albert à Roverbella. — Milan. — Garibaldi général. — Bergame. — Armistice. — Ultimatum de l'Oglio. — Radetzki investit Milan. — Sa capitulation ainsi que de Monza. — Garibaldi au Tyrol. — Sa résistance héroïque. — Victoires à Varèse, Ogliate et Côme. — Médici. — Le San Mafféo. — Le Morazone. — Le Tessin. — Lugano. — Novare. — Rome. — Oudinot. — Le Siége. — Manara et ses bersegliari. — Garibaldi commande des sommets de Pamphili. — Echecs d'Oudinot. — Armistice. — — Ferdinand II. — Palestrina. — Albano. — Velletri. — Roselli. — Rappel de Garibaldi à Rome. — Du Vascello, il commande le siége des villas Corsini, Valentini, Pamphili. — Nino Bixio. — Défense des forts et des bastions. — Surprise. — Lutte acharnée. G. Médici. — Dandolo. — Mameli. — Rome. — Garibaldi au Sénat. — Harangue. — Départ.

Dans le feu des combats, et dans la vie austère
Imposée aux héros qui gouvernent la terre,
Garibaldi sentait son cœur toujours grandir,
Et s'ouvrir à l'espoir de bientôt secourir
La patrie opprimée. Alors que Dieu décide
Qu'il est temps de sécher la main liberticide,
Le monde est averti par un brûlant transport.
Rome même, la ville, attend un nouveau sort

Mastaï Ferretti, déployant l'oriflamme,
Donne aux Italiens et sa main et son âme.
— « Frères, si jusqu'à nous la voix de Ferretti
Parvient, que son élan de nous tous soit senti !
Hâtons-nous de répondre à sa sainte prière,
A l'enivrant appel de Rome, notre mère ! »
Ainsi parle Joseph à tous ces nobles cœurs,
Qui, malgré les regrets des amis et leurs pleurs,
Vont rendre à leur pays leur magnanime épée
Aux guerres du Brésil si fortement trempée.
— « Adieu donc, ô soldats ! qu'un fraternel amour
Puisse en notre Brésil vous ramener un jour !
Qu'un vent de liberté protége votre voile !
Sois-leur propice aussi par ta brillante étoile,
Vierge sainte des mers ! » C'est ainsi que les vœux
De tous les entouraient au moment des adieux.
Ces vœux sont exaucés ; un heureux vent-arrière
Leur fait de l'Océan fendre la plaine altière,
Et gagner promptement le sol de leurs aïeux.
Ce sol ! ils vont l'étreindre et le fouler, joyeux !
Chacun, nouveau Brutus ; chacun, nouvel Antée,
Y va sentir sa vie, en un instant doublée.
Quel suprême bonheur, lorsqu'en ouvrant les bras,
La patrie éplorée appelle des soldats,
De pouvoir lui donner tout entière son âme,
Pour chasser l'étranger qui de honte l'enflamme !
— Patriotes ardents, votre cœur l'a compris :
L'esclavage est l'opprobre et bientôt le mépris.
Mieux vaudrait s'enterrer sous la cité fumante,
Que vivre dans la mort en la croyant vivante !
— Eh bien ! l'heure a sonné de chasser les Hapsbourgs ;
La Lombardie en feu réclame des secours ! »
C'est alors que Joseph et ses légionnaires
Vont à Roverbella s'offrir, auxiliaires ;

Le roi, mal conseillé par les hommes des cours,
Croit pouvoir se passer d'un si puissant concours.
Charle-Albert abusé ne sait pas reconnaître
Que, seul, Garibaldi peut le rendre le maître
De la situation. Joseph en est chagrin :
— « Le roi ne sait donc pas qu'un glaive, en votre main,
C'est la foudre ou plutôt l'infaillible victoire?
Amis, adressons-nous au pouvoir provisoire
Qui siége dans Milan, et nous nous vengerons
A force de bienfaits des plus cruels affronts!... »

Déjà la renommée, agile avant-courrière,
Annonce aux Milanais ce grand auxiliaire;
Et le gouvernement qui régit la cité
Le nomme général; tout le peuple, exalté,
Acclame ce héros qui fait vibrer son âme.
Dès lors, Garibaldi s'avance sur Bergame.
Trois mille hommes sous lui sont un plus sûr rempart
Que vingt mille soldats sous un chef de hasard.
Héroïsme inutile!... un étrange armistice,
En suspendant leurs coups, ajourne la justice.
Ces braves, à l'instant, s'éloignent irrités,
Et portent vers Monza leurs pas précipités...
Trop tard encore, hélas! car Monza capitule,
Quand il sait que Milan par prudence recule,
Et Radetzki répond aux ordres d'Alberto,
Qui veut le confiner par-delà l'Oglio,
En lui prenant Milan. — « Monarque impolitique!
Que n'as-tu consulté ton soutien héroique? »
Mais non! toujours trompé par de rusés flatteurs,
Des courtisans repus et d'habiles menteurs,
Le monarque, ignorant les droits de la franchise,
Reconnaît un peu tard que sa foi fut surprise,

Et, tombé dans l'abîme, anéanti, déçu,
Comme tant d'autres rois, il dit : « Si j'avais su ! »
Quant à Garibaldi, dévorant cet outrage,
De tous ses compagnons il soutient le courage.
Il court vers le Tyrol, s'empare d'Arena...
— « Vous, dit-il, dont le cœur jamais n'abandonna
Votre chef dévoué, qui vous a vus naguère
Défendre le Brésil, est-il plus sainte guerre
Que celle d'aujourd'hui? D'un ennemi plus fort
Et plus nombreux que nous, jurons ici la mort! »
— « Nous le jurons! » s'écrie, à cette voix aimée,
La faible légion qui vaut presque une armée.
Mais cette légion possède un vrai trésor,
Car la belle Anita les influence encor...
Elle est constamment là, l'héroïne intrépide,
S'efforçant de briser le joug liberticide.
L'Italie est pour elle et son sang et son cœur,
Puisque sous son beau ciel est né son doux vainqueur!
Aussi, la téméraire, aimant fort les surprises,
Fait faire à ses soldats d'audacieuses prises.
Verbano, San Carlo, plus d'un autre vapeur
Tombent entre les mains de ces forbans d'honneur.
Mais pour mener à fin leur belliqueuse tâche,
Vers les pays lombards ils marchent sans relâche ;
Leur petit bataillon repousse avec vigueur
L'ennemi plus nombreux, mais frappé de terreur.
A Luino, Varèse, Ogliate et dans Côme,
Eclate leur valeur qui retentit à Rome.
Médici, le soutien et l'espoir du héros,
Ayant pris Ligurna, Calzone, Roderos,
Gravit San Mafféi qui domine la Suisse.
Il semble que déjà leur gloire resplendisse
Jusqu'au sommet des monts, jusqu'au pied du rocher,
Dont en vain l'ennemi tenterait d'approcher.

Ces soixante soutiens de la mère-patrie
De tous les assiégeants subissent la furie ;
Sous le feu, la mitraille, en un cercle d'enfer,
Et leur poudre épuisée, ils n'ont plus que leur fer.
Par leur seul héroïsme ils soutiennent le siége !
Mais en cette détresse un Dieu bon les protége !
A la faveur du soir, par des sentiers obscurs,
Du sol libre de Tell ils gagnent les lieux sûrs.
De son côté, Joseph et sa noble amazone
Dirigent leur retraite auprès de Morazone.
L'armée autrichienne y campe avec dessein
De couper la retraite au delà du Tessin.
Mais, pour les vrais héros, il n'est pas de barrière :
— « Les insensés ont cru nous frapper par derrière,
Leur dit Garibaldi, Compagnons, en avant !
Trouons leurs bataillons. » Soudain, comme le vent,
Le vent de la tempête, et comme une avalanche,
La petite colonne en un instant se penche
Sur ses chevaux légers dont le magique vol
Semble moins parcourir que dévorer le sol ;
Et dans le lourd massif d'une armée insolente,
Passe comme une flèche, hardie et triomphante !
Et les voilà chantant sur ce libre terrain
Les airs de la patrie, et l'immortel refrain
Qui du ciel est tombé sur le front de Delisle (1).
— « Soldats, leur dit Joseph, il serait inutile
De résister au nombre, au flot toujours croissant
Du torrent ennemi. Ménageons notre sang,
Notre plomb, notre poudre ; à Lugano, sans doute
Nous en aurons besoin. Prenons-en donc la route,
Et suivons, pour ce but, d'invisibles chemins ;
Volons vers Médici seconder ses desseins !

(1) *La Marseillaise.*

Et lui, malgré la fièvre ardente, corrosive,
(Car cette âme de feu ne peut rester oisive,)
Rejoint, un des premiers, Médici, mais hélas !
L'écho vient apporter les lugubres éclats
Du revers de Novare..... O sombre destinée !
Là, ton impéritie est encor condamnée,
Ricci, ministre aveugle ! enfin, as-tu compris
Qu'au lieu de le blesser de ton étroit mépris,
Qu'au lieu de l'écarter dans ta jalouse haine,
Il fallait te fier à ce grand capitaine ?
Ton orgueil confondu n'en eût pas tant souffert,
Et Novare en triomphe eût porté Charle-Albert !
Grâce à ta vanité, la pauvre Lombardie
Sous le sabre croate est encore asservie,
Et l'histoire sévère un jour burinera :
« Il n'avait pas compris l'homme de Caprera ! »
Cependant, son étoile en ce moment l'appelle
Vers le peuple romain, vers la ville éternelle.
Rome est en république, et son nouveau sénat
Dans chaque citoyen improvise un soldat ;
Il veille jour et nuit, organise en silence
Du pays en danger la suprême défense.
On craint un ennemi redoutable et puissant ;
Aussi, le peuple entier s'agite en frémissant.....
Femmes, enfants, vieillards, d'un élan héroïque,
Veulent défendre à mort leur jeune république.
On apprend qu'Oudinot, désarmant Métara
Et tout son bataillon, arrête Manara
Qui venait bravement avec ses volontaires,
Ses bersagliari, glorieux militaires,
Manara qui disait, brandissant son drapeau :
« Mes amis, la victoire à Rome, ou le tombeau ! »
Oudinot cependant croit devoir lui défendre
De débarquer si tôt, lui commandant d'attendre

Ses ordres pour mouiller à Porto d'Anzio.
Manara s'y refuse et charge Dandolo
D'exprimer son refus ; ordres sans importance
Auxquels il aurait pu souscrire par prudence ;
Car les braves Lombards, s'éloignant d'Oudinot,
Atterrissent et vont camper près d'Albano.
Joseph Avezzana, ministre de la guerre,
Des ordres d'Oudinot ne s'inquiétant guère,
Enjoint à Manara d'accourir tout d'abord
Apporter aux Romains un décisif renfort.
Lorsque, musique en tête, ils entrèrent à Rome,
Le peuple enthousiaste, uni comme un seul homme,
De bravos fraternels, de vivats et de fleurs
Couvrit en un instant ses chers libérateurs ;
On apprend tout à coup qu'Oudinot, à ses portes,
Maître de Civita, vient avec ses cohortes.
La ville à cette approche, a jusqu'au fond du cœur,
Senti se réveiller son droit et son honneur.
On dit qu'Armellini, le triumvir, apprête
Pour les soldats français une splendide fête :
Le triomphe enivrant de la fraternité.
Mais un si sage avis ne peut être écouté !
Car la majorité, dans sa frivole ivresse,
Ne voit là qu'un outrage, au moins une faiblesse
Qui froisse son orgueil. Au tribun Mazzini
Se joignent aussitôt Czernuski, Sterbini :
— « Point d'intervention ! » tel est le cri d'alarmes,
« Contre tout étranger la patrie est en armes. »

En face du péril, l'impassible sénat
Remet au nom de Dieu Rome au triumvirat.
Czernuski doit d'abord former les barricades ;
C'est l'ordre ou le conseil de ses deux camarades.

Et, tout en dirigeant par d'habiles ressorts,
Mazzini, Sterbini commanderont les forts.
De chacun le courage aussitôt se remonte,
Et, pour se ranimer, la mer n'est pas plus prompte.
Pour comble de bonheur, ô signe heureux du ciel !
Apparaît le héros, le providentiel !
Celui que les partis couvraient de calomnie,
Et que le peuple adore ainsi qu'un bon génie.
Dans un sublime élan d'ivresse et de bonheur,
Garibaldi paraît presque comme un sauveur !
Il semble que son nom, ce talisman de gloire,
Bien mieux que le sénat décrète la victoire !
A son appel, le peuple arme, se met en rang,
Avec la volonté de prodiguer son sang ;
Chacun est transporté d'une noble furie
Pour suivre ce héros, vengeur de la patrie.
L'attaque a commencé. Les forts, les bastions
Vomissent leurs boulets contre les bataillons
Qui veulent assaillir les remparts de la ville.
Trois fois les ennemis, d'un effort inutile,
Ont tenté de gravir le Monte-Mario,
En suivant l'aqueduc au Casale-Pio,
Ils essaient encor, téméraire entreprise,
De tourner les fossés, et veulent par suprise
S'emparer des villas de Cavallegieri !
— Du sommet des jardins de Villa-Pamphili,
Garibaldi commande et repousse le siége.
Le fort San-Mario par ses canons protége
La porte Angelica ; contre ses défenseurs
On voit lutter en vain les habiles chasseurs.
Le tir juste et précis des soldats de Vincennes
Fait taire cependant quelques pièces romaines,
Mais avant de tomber, leurs braves artilleurs
Passent la mèche aux mains des plus hardis pointeurs.

Oudinot lance alors la brigade Molière,
Qui, sous les feux croisés, fait cent pas en arrière.
Les colonnes Bouat (1) des buttes du terrain
Se font des boucliers contre le feu romain.
Alors, Garibaldi saisit l'instant propice
Pour frapper un grand coup. Une fraîche milice,
Secondant sa sortie, attaque sans terreur
La troupe Levaillant qui charge avec fureur.
Hélas! dans ce combat, cette triste bataille,
Des deux côtés on sait qu'à travers la mitraille
On trempe les héros. Les lions africains
Peuvent se mesurer avec les Mexicains!
Rien ne peut arrêter ces combattants-colosses,
Yatagans et poignards, baïonnettes et crosses,
Tout se brise en leurs mains; et malheur aux moins forts!
Dans ces embrassements meurtriers corps à corps,
On croirait voir la mort, par un baiser farouche,
Foudroyant ses amants au contact de sa bouche!
O sanglante journée! où près de Montaldi
Tombèrent les Rolla, Zamboni, Tressoldi;
Où le tendre Bassi prodiguait ses prières
Aux mourants des deux camps qu'il appelait ses frères,
Lorsqu'aux mains des Français il tomba prisonnier;
Triste jour où Faby, l'intrépide officier,
Est surpris à son tour par la jeune phalange
Qui vient de s'élancer du bastion Saint-Ange!
Jour de gloire, où l'on voit du Monte-Mario,
Avec sa légion, accourir Bixio
Pour déloger Picard, le hardi capitaine
Campé (poste admirable!) à la voie Aurélienne.
Honneur à Bixio! victoire à ses Romains!
Picard et ses trois cents sont tombés en leurs mains!

(1) Et Marulat.

Jour trois fois glorieux, où le vieux Capitole
Flamboya de l'éclair d'une jeune auréole,
Où tressaillit de joie au fond de leurs tombeaux
La cendre des anciens et des grands généraux !
Où l'on crut voir planer au-dessus de la ville
L'ombre des Scipion, des Brutus, des Emile.
C'est qu'un de leurs vrais fils, et leur digne héritier,
Au salut du pays se vouant tout entier,
Dirige la défense, et, dans la république,
Vrai héros de Plutarque, éveille un souffle antique !
C'est que Garibaldi peut seul électriser
La Rome renaissante, et la régénérer
Au feu de sa bravoure ; en sa noble vaillance,
Il s'adresse au plus brave, il attaque la France !
— « Voici le vrai moment ! dit-il, vole, Nino !
Demande à l'assemblée un renfort ! Oudinot
Ne pourra regagner Civita, je le jure.
Alerte ! alerte, ami, notre victoire est sûre ! »
Mais Oudinot, comptant les pertes de ce jour,
Commande la retraite. Au rappel du tambour,
Les bataillons français s'éloignent dans la plaine.
Nino, bride abattue, apparaît hors d'haleine :
— « Général, ton appel, dit-il, est sans effet,
Mais qu'importe, après tout, l'honneur est satisfait. »
C'est alors qu'on reçoit l'offre parlementaire
De suspendre un moment l'élan de cette guerre.
L'armistice se signe, et Rome avec fracas
Célèbre son triomphe. — Ah ! vieil enfant, hélas !
Ne sais-tu pas qu'il faut, au fer chaud, sur l'enclume,
Le marteau sans relâche, et, si ton cœur s'allume
Du feu d'un noble orgueil, qu'il vaudrait mieux, demain,
Prendre de Velletri le glorieux chemin ?
Modère ton ivresse et regarde la chaîne
Où voudrait te river la cour napolitaine !

Marche à Ferdinand Deux, moins brave qu'Oudinot,
Il te guette et t'attend aux plaines d'Albano !
Aussitôt le sénat tout entier autorise
La nouvelle campagne, et contre la surprise
Que tente le Bourbon, il nomme Roselli
Pour commander l'armée. Hélas ! Garibaldi
D'un rôle inférieur subit l'ingratitude,
Sans nul ressentiment ; car, sa sollicitude,
Son orgueil le plus cher, le seul vœu de son cœur,
C'est d'être, sans emphase, un vrai libérateur.
L'habile stratégiste, à chaque instant, corrige
Les fautes de son chef par un nouveau prodige
D'adresse et de valeur. O voie Auréliana !
O plaines d'Albano, champs de Palestrina !
Vos sillons, dans l'histoire, aux fils de l'Italie
Raconteront les faits de ce puissant génie.
Manara le seconde, et, loin de Roselli
Avec leur faible troupe ils prennent Velletri,
En chassant Ferdinand ; mais pour que la défaite
De l'ennemi fuyant soit tout à fait complète,
Il faudrait des renforts. Roselli fait savoir
Qu'il veut temporiser, et qu'enfin il veut voir !
Pitié ! c'est donc toujours l'envie et l'ignorance
Qui paralyseront la force et la science !
Ils en sont bien punis, l'armistice est rompu :
Oudinot devant Rome a soudain reparu !
La ville est en danger, et de nouveau réclame
A grands cris son soutien, son défenseur, son âme !
Nuit fatale ! en repos tous dormaient. Vers minuit,
De hardis agresseurs se sont glissés, sans bruit,
Et près de l'avant-poste ont surpris le mot d'ordre !
La terreur est au camp et partout le désordre !
Répandant le carnage, ils prennent Corsini,
Les villas de Pamphile et de Valentini.

— « Aux armes ! dit Joseph, la république est morte
Si nous ne reprenons d'assaut la place forte.
Baïonnette en avant ! » et Nino Bixio,
Sacchi, Maroquetti, le blond Daverio,
Le héros Marina, suivi de sa colonne,
S'élancent à l'assaut sous le canon qui tonne ;
Un instant, entourés de tous leurs partisans,
Et forts de leur courage, on les croit triomphants !...
Triomphe d'un moment! le nombre les accable,
Ils cèdent à leur tour au Français redoutable.
Enfin par un dernier, par un suprême effort,
On tente de nouveau de ressaisir le fort.
Il est repris, perdu, pris encor ; la furie
Redouble dans les cœurs. Chasseurs, artillerie...
Dragons, tout se mélange! on blesse Bixio ;
On tue à ses côtés le brave Daverio !
De l'ouragan de guerre, effroyable rafale,
De Marina le bras est percé d'une balle.
Ce brave, tout sanglant, crie encor : à l'assaut !
A sa voix, Manara, comme un lion en sursaut,
Accourt de Vaccino, malgré l'ordre contraire,
Et vient prêter sa main puissante en cette affaire.
— « Courage, dit Joseph ; il nous faut Corsini !
Charge-t'en! Giacomo (1) tiendra Vàlentini ! »
Alors Garibaldi fait emporter ses frères,
Marina, Bixio, corps brisés, âmes fières !
Manara fait sonner la charge, et Ferrari
Escalade le fort avec Mangiagalli.
Un instant, ces héros regardent en arrière !
Hélas! tous leurs soldats ont mordu la poussière !
Ils s'en reviennent seuls !... Manara, furieux

(1) G. Medici, qui tint à lui seul Valentini et Vascello pendant la
durée du siége.

De la rigueur du sort, de l'assaut malheureux,
Fait sonner aux clairons une nouvelle charge.
— « Cette fois, Dandolo, c'est toi, toi que je charge
De prendre la bicoque, aidé de Ferrari ;
Songez qu'à Vascello vous voit Garibaldi !
En avant les Lombards ! croisez la baïonnette. »
Et les deux colonels avancent à la tête
De leurs braves soldats. Joseph lance Hoffsteter
Pour soutenir l'élan, et cette main de fer
Guide les jeunes gens au combat. C'est la foudre
Tombant, comme un éclair, sur la mine de poudre !
Dans l'affreuse mêlée, à côté de Sylva,
Ferrari, Mancini, Dandolo, Marina,
Livides, sont couchés. Le sang rougit la terre !
Et les cris des mourants se mêlent au tonnerre
Des fusils, des canons, dont chaque coup, hélas !
Retentit dans les cœurs comme un funèbre glas !
— Cher Ugo, dit Joseph, aux nôtres va, mon frère,
Dis leur que j'attends d'eux obéissance entière.
De Vascello je mets la défense en leurs mains. »
Et ces lions soumis, les plus vaillants Romains
Sont tout fiers d'occuper le poste du grand homme.
— « A mon tour, dit Joseph, en avant ! Vive Rome !
Et le prédestiné, qui nargue les boulets,
Fait face à la mitraille, et bondit aux sommets,
Au centre culminant de la place maudite.
Les dragons, les lanciers se ruant à sa suite,
Et Manara chargeant avec ses fantassins
L'aident à soutenir le poids de ses desseins.
Ils semblent triompher après un long carnage ;
Les Français, un moment, perdent leur avantage ;
Prise et reprise encor, la villa Corsini
Revient aux assiégés avec Valentini.
Mais bientôt ne pouvant plus résister au nombre

De tous leurs ennemis, Joseph dit d'un air sombre :
— « Deux mille contre vingt, c'est lutter follement ;
Cessons de prodiguer nos forces vainement (1). »
Pourtant, au Vascello la lutte continue,
Et l'éclair du canon sillonne encor la nue,
Par grâce Dandolo réclame la faveur
De remplacer son frère à la place d'honneur.
— « Pauvre enfant! dit Joseph, vous mourrez à la peine !
L'histoire aura pour vous des lauriers à main pleine !
Allez, braves soldats, qu'un si bel abandon
Obtienne au moins de Dieu le suprême pardon ! »
Ils partent! Dans leurs rangs, ou plutôt à leur tête,
Est avec Dandolo, Mameli, le poète !
Ils partent sans espoir de pouvoir revenir!...
Mais, dans leur noble élan, qui pourrait retenir
Ces héros de vingt ans qu'on voit toujours éclore
Sous le canon qui tue et le feu qui dévore ?
Parmi les incidents de ce drame cruel,
L'histoire gravera sur son livre éternel
Les noms de ces héros qui se font une fête
De leur beau dévoûment : Cazzaniga, Sarète,
Cavalleri, Bonnet, Péralta, Davio,
Romorino, Grani, Scarani, Dandolo,
Dandolo, que son frère a, malgré ses blessures,
Cherché parmi les morts, épiant leurs figures !
— Qui pourra peindre Rome en ces affreux instants,
Tous les sombres esprits, tous les cœurs palpitants,
Les citoyens, devant l'incendie et la bombe,
Voulant mourir debout quand la liberté tombe?
Ces nobles triumvirs, et ce jeune sénat,
Calmes, majestueux, et cessant tout débat,

(1) Le duc de Reggio avait 40,000 hommes et 36 pièces de
siége.

Pour proclamer parmi les éclats de la foudre
La patrie en danger ! dût-on réduire en poudre
Tous les beaux monuments, que pour l'éternité
A transmis jusqu'à nous la haute antiquité ?
Le héros, déplaçant sa résistance altière,
Du Vascello troué, place trop meurtrière,
Marche à Savorelli. Par un puissant effort
Il espère montrer qu'il se sent toujours fort !
Combien de temps encor l'héroïque défense
En échec eût tenu les soldats de la France
Sans la mine, la sape ou quelque trahison ?
Nuit maudite ! vingt juin ! écoutez !... c'est le son
De quelques coups de feu ! puis, un mortel silence,
Et, par la brèche ouverte, un corps français s'élance !..
« A moi, ma légion ! Hoffstetter et Sacchi,
Sauvons, sauvons les forts ! » et, de Gallicelli,
Ils font un feu d'enfer, dans l'espoir de reprendre
Ces deux forts qui n'ont pu, par eux-mêmes, se rendre.
La terrible nouvelle à Rome se répand,
Le lugubre tocsin la proclame en pleurant.
Une foule agitée inonde chaque rue ;
Du Forum au Sénat le peuple entier se rue.
« Aux armes, citoyens ! » et tous, sur l'étranger,
Veulent de cette honte aussitôt se venger.
Roselli, Marini, rendus au Janicule,
Excitent le Sénat qui, d'ailleurs, ne recule
Devant aucun projet enfant du désespoir.
Seul, le sage héros, calme dans son devoir,
S'oppose à tout élan aveugle et téméraire.
« Imprudents ! leur dit-il, la nuit, que peut-on faire ?
Attendez à demain. Ce n'est qu'en plein soleil
Que nous pouvons lutter... la nuit porte conseil ! »
Dès que l'aube paraît, les deux artilleries
Rouvrent avec fureur toutes leurs batteries.

Et les étudiants, et Romains et Lombards,
Aux postes avancés, en tirailleurs épars,
Pointent sur les Français comme sur une cible.
Alors commence entre eux le feu le plus terrible.
Et les Français, surpris, se retirant d'abord,
Vont, par Barberini, se retrancher au fort.
Les Lombards aussitôt font, à la baïonnette,
Irruption sur eux, sans voir que sur leur tête
Une lave de fer tombe du Casino !
Alors Garibaldi, du Monte-Mario,
Voyant ses chers enfants prodigues, qu'on mutile,
Veut suspendre un assaut désormais inutile...
De plus, il vient d'apprendre, hélas! que dans Paris
Les meilleurs partisans ont tous été surpris,
Le destin l'abandonne !... En sa haute sagesse,
Il épargne le sang de l'ardente jeunesse.
La retraite est sonnée!... « Amis, luttons toujours,
Mais, témérairement ne risquons pas nos jours.
Et que, du moins, plus tard, la France se souvienne
Des suprêmes efforts de la ville Aurélienne ;
Qu'elle sache, avec nous, qu'on ne peut en finir,
Puisque nous défendons les droits de l'avenir. »
Malgré ces bons conseils, ces Romains d'un autre âge
Croient pouvoir tout résoudre à force de courage.
De Monte-Mario, d'Alexi les pointeurs
Sont tous, et sans broncher, tués par les chasseurs !
Les autres bastions à la dixième aurore,
Jusqu'au dernier tireur, se défendaient encore !...
Joseph a tout tenté. Le désespoir au cœur,
Il vient dire au sénat sa poignante douleur.
En voyant ses habits déchirés par la balle,
Un bravo frénétique éclate dans la salle !
—« Dis-nous combien de jours; dis-nous par quel moyen
On peut lutter encore? » Et le grand citoyen

Répond sans hésiter : « En coupant Transtévère,
On peut tenir cinq jours. » Le sénat délibère.....
Et bientôt Cernuschi, des larmes dans la voix,
En songeant qu'ils sont là pour la dernière fois,
Dit, au nom du sénat : « Notre sainte défense
A cessé. » Le sénat demeure en permanence !
Ce décret se répand sur la patrie en deuil,
Comme un voile de mort jeté sur un cercueil !
Auprès du Vatican, l'âme encore enflammée,
Rassemblant les débris de sa vaillante armée,
Joseph formule ainsi son prophétique adieu :
« Qui m'aime me suivra ! je jure, devant Dieu
Guerre à mort à l'Autriche ! à nous la foi constante,
Qui marche vers son but, droite et persévérante !
A qui vient avec moi, je lui promets la faim,
La misère et la mort, ou la gloire à la fin !
Malheur à qui voudra retourner en arrière,
Celui-là, comme un chien, doit mordre la poussière »
Cet appel héroïque est de tous entendu.
Au cœur de la patrie un espoir est rendu ;
Et cinq mille vaillants, unis comme un seul homme,
Pour la mieux affranchir, avec lui, quittent Rome.

FIN DU CHANT HUITIÈME.

CHANT NEUVIÈME

—

ARGUMENT.

Cicerovacchio.— Bassi.— Anita.—Manin.— Venise.— Contre-marche. — La Toscane. — Le colonel Forbes. — Saint-Marin. — Gorzkoffski. — Les conditions. — Garibaldi. — Retraite. — Anita et son chien. — La mer. — Casenatico. — Les barques. — L'Oreste. — Désastre. — Marsola. — Fuite. — Mort d'Anita.

— Amis, dit le héros, allons joindre Manin !
Le peuple de Venise et le peuple romain
Ne font qu'un ! portons-lui nos débris à Venise !
Et ce fier bataillon, que sa voix électrise,
Se remet bravement en route, et le trio
De Joseph, de Bassi, de Cicerovacchio,
Marche en tête en rêvant un glorieux martyre.
Anita, regardant son héros, semble dire :
« Je souffre et cependant ne sens plus ma douleur;
Avec toi, toute peine, est encor le bonheur !
Va, tu m'applaudiras, et ta pauvre patrie
Saura ce qu'on peut faire avec ma centurie ! »
Plût à Dieu que, suivant ce généreux dessein,

7

Ils eussent prolongé leurs pas vers le Tessin !
Mais sur de faux avis, qu'il suit sans défiance,
Joseph donne contre-ordre et marche vers Florence.
Il reconnaît trop tard qu'égarant sa raison,
Il est victime encor de quelque trahison ;
Mais une fois lancé, fût-elle périlleuse,
Il doit continuer sa route aventureuse..
Un nouvel ennemi, le découragement,
Surgit et vient troubler chaque commandement,
Mais le héros maintient la rude discipline ;
Il en donne l'exemple, on se tait, on s'incline.
Seul et sombre, il médite à l'écart, et malheur
Au lâche qui suivrait les conseils de la peur !...
— « Joseph, dit Anita, vous a-t-il pris en traître?
Avez-vous donc besoin qu'on vous fasse connaître
Les rigueurs de la guerre et les lois du devoir?
Depuis que nous marchons, vous avez bien dû voir
Qu'il n'est pas de tourments que votre chef n'endure,
Tout aussi bien que vous il couche sur la dure...
Malgré la faim, la soif, toujours calme, il s'endort !...
Et qui donc se plaindrait, qui donc serait moins fort
Et moins persévérant qu'Anita, qu'une femme?»
Cette allocution semble remonter l'âme
De ces esprits trop prompts à se décourager.
Ils rougissent de honte et veulent partager
L'honneur avec la peine. Il n'est plus de souffrance
Pour ces cœurs relevés avec tant de puissance !
Après deux jours de marche, ils entrent à Terni,
Qui, fière d'acclamer le grand Garibaldi,
Le couvre de bravos, de lauriers, d'oriflammes ;
Les cités d'Italie ont au cœur mêmes flammes !...
Puis un homme d'honneur, Forbes le colonel,
Donne à Garibaldi son concours fraternel.
Forbes veut épouser la cause libérale,

Il rêve de Byron la palme triomphale,
Et de Missolonghi le poétique écho
Retentit dans son âme à Monte-Pulciano !
Et l'histoire verra ces deux nobles épées
Luire d'un sombre feu parmi ses épopées.
Aidé de ce concours, Joseph passe Orneto ;
Après mainte escarmouche, il court d'Orvieto
Établir son quartier dans la petite ville
De Cetona, jugeant la défense inutile
En face d'Oudinot et d'Aspre ralliés.
Par un même intérêt de plus en plus liés,
Les Garibaldiens gagnent la république
De Saint-Marin soumise au glaive tyrannique
De Gorzkoffski. Joseph, vers cette autorité,
Envoie Ugo Bassi comme son député,
Afin d'en obtenir librement le passage :
Gorzkoffski ne répond que par un cri de rage.
Belzoppi, gouverneur, tente, mais vainement,
De lui donner pour eux un meilleur sentiment.
Ces pauvres fugitifs, errants, couverts de gloire,
Ne devront traverser l'inclément territoire :
— « Qu'armes bas, sans défense, en vaincus, divisés...
Aux mains de Gorzkoffski les chefs seront livrés. »
Tel est l'ultimatum de la force brutale
Que couronne un décret digne d'un cannibale :
— « Quiconque donnerait aux chefs le pain et l'eau
Sera comme un bandit passible du poteau !
Mais à qui livrera Joseph à sa vengeance,
Gorzkoffski donnera de l'or pour récompense. »
On conçoit, à ces mots, l'exaspération
Qui s'empare du cœur de notre légion.
Quant à Joseph, toujours généreux, magnanime,
Il prononce ces mots, par un effort sublime :
— « En vain, à moi, soldats, vous êtes ralliés,

De vos nobles serments vous êtes déliés.
J'aimerais mieux mourir, oui, mourir, ô mes frères !
Que d'augmenter vos maux et toutes vos misères !
Que nous servirait-il de braver un danger
Impossible à combattre? il faut que l'étranger
Qui, dans ce jour fatal, lâchement nous divise,
Nous retrouve plus forts en face de Venise. »
— « Non, non, répondent-ils, à tant de lâchetés,
Nous préférons cent fois chercher, à tes côtés,
L'honneur ou le trépas! » — « Amis vraiment fidèles,
Leur réplique Anita, vos gloires immortelles
Rayonnent en ce jour ! Si les Autrichiens
Aidés par Gorzkoffski nous croient dans leurs liens,
Et, nous cernant bientôt, comme sur une proie,
Pensent venir s'abattre avec un cri de joie,
Si le digne suppôt des tyrans, des Hapsbourgs,
Met notre tête à prix, partout, dans tous les bourgs,
Redoublons d'énergie et déjouons sa rage,
Et qu'avec le péril grandisse le courage! »
En achevant ces mots, l'héroïne, à cheval,
Du départ, sans tarder, leur donne le signal.
A la faible lueur de la lune argentée,
Défilent les débris de la petite armée.
Deux cents braves soldats, vétérans du devoir,
Tous voués au héros, et le cœur plein d'espoir,
Mornes, silencieux, subissent la retraite,
Garibaldi, toujours en éclaireur, en tête !
Son puncho qu'ont criblé de l'ennemi les feux,
Se mêle sous la brise à ses flottants cheveux,
Et de l'astre blafard et du soleil nocturne
Les rayons, en tombant sur son front taciturne,
Éclairent son visage et ses traits soucieux.
Un douloureux penser l'absorbe, et quand ses yeux,
Dont les regards, au loin, explorent la campagne,

Se dirigent parfois vers sa chère compagne,
On voit jaillir, malgré son austère rigueur,
De ces larmes d'amour qui trompent le malheur !...
Anita, surmontant sa force et sa nature,
S'efforce en vain ; on voit, sur sa pâle figure,
Les signes évidents d'une horrible douleur ;
Parfois le sang afflue et fait bondir le cœur !....
Elle porte la main à son sein qui s'agite.
— « Joseph, ayons espoir, la vie en moi palpite ! »
Dit-elle en souriant par un suprême effort.
Elle annonce la vie et fait craindre la mort !
—« Tu souffres, dit Joseph, pour nous, pour notre cause !
Te voir souffrir pour moi, c'est une horrible chose ! »
— « Non, je ne souffre pas puisque j'ai le bonheur
De pouvoir partager ta joie et ton malheur..... »
Cet exemple héroïque est pour tous un modèle ;
Chacun se sent plus fort. Son chien, ami fidèle,
Ne la perd pas de vue et semble, en son instinct,
Prendre sa part de peine, ainsi que d'un butin.
Depuis Rome, il la suit, partage ses détresses,
Et, lui léchant les mains, implore ses caresses.
L'héroïne, en ses jours du plus grand dénûment,
Eut, pour ce vieil ami, toujours quelqu'aliment.
Un chien, dans nos malheurs, redouble sa tendresse,
Et, pleurant avec nous, attend notre allégresse.
La pauvre légion, sans halte et sans secours,
Profitant de la nuit, marche, marche toujours.
Enfin, elle aperçoit, blanchissante d'écume,
La mer, l'immense mer que voile encor la brume.
A ce sublime aspect, le cœur est transporté ;
On entend un seul cri : « Vive la liberté ! »
Et tous ces fugitifs qu'accable la souffrance
Se relèvent plus forts devant cette espérance
— « Soyons prudents ! leur dit Cicerovacchio,

Nous venons d'échapper au bourg Verucchio.
Ne distinguez-vous pas, près d'ici, dans cette anse (1),
Des pêcheurs ennemis prêts à la résistance ? »
— « Qu'importe, dit Joseph, emparons-nous du port !
De la décision !... le salut ou la mort !
Pas un moment à perdre, on nous suit à la piste ! »
Et sur les ennemis fondant à l'improviste,
Ils les font prisonniers, s'emparent des canots.
— « Pêcheurs, leur dit Joseph, devenez matelots
De notre légion ! après la traversée,
Votre œuvre de salut sera récompensée. »
Les voilà naviguant, pleins d'espoir ; par malheur,
Ils n'aperçurent pas un vigilant croiseur :
L'*Oreste* avec deux bricks. La flottille est cernée !
Au plus dur esclavage elle est donc destinée !
Déjà sur elle, hélas ! sont dirigés les feux.
— « Amis ! virons de bord et naviguons sur eux !
Nous déjouerons ainsi cette ruse de guerre ! »
Mais ce commandement ne se comprenait guère
Par tous ces matelots étrangers, ignorants
Dans l'art de la manœuvre ; énervés, impuissants,
Ils sont, en un instant, coulés bas, sans défense,
Surpris, ensevelis dans cet abîme immense ! !
Cinq barques seulement vont toucher Marsola...
— « Sauvés ! » voudrait encor s'écrier Anita...
Mais à peine on entend cette voix épuisée
Venant d'un corps débile et d'une âme éprouvée.
« Non, tout n'est pas perdu, cher Joseph, vous Ugo,
Livraghi, vous voilà ! Cicerovacchio,
Donnez-moi votre main et marchons par Ravennes ! »
Elle veut se lever, mais le sang dans ses veines
Ne court plus librement ; de livides pâleurs

(1) Casenatico, petit port.

Viennent couvrir son front de sinistres lueurs !
Cependant, les trois bricks assouvissent leur rage,
Tonnent sur les proscrits en mitraillant la plage.
— « Frères, leur dit Joseph, le malheur nous poursuit,
Il faut (soyons prudents), il faut, avant la nuit,
Chercher notre salut dans une adroite fuite.
Il en est encor temps, dérobons-nous de suite ;
Embrassons-nous, peut-être, ô mes vieux compagnons !
Pour la dernière fois ! si nous nous séparons,
Adressez vos adieux à ma chère héroïne,
Avant de nous livrer à la grâce divine ! »
Chacun, en s'éloignant, a des pleurs dans les yeux !...
Joseph part, emportant son fardeau précieux,
A pas précipités, haletant, hors d'haleine ;
Et la tendre Anita, pour alléger sa peine,
Veut vaincre sa faiblesse ; efforts désespérés !
Ses pauvres pieds meurtris sont au sol enchaînés ;
Mais sa souffrance aiguë, à ce moment, empire...
Puis, avec épouvante et presqu'avec délire :
— « Arrêtons-nous, dit-elle, interrogeant son sein...
Le calme de la mort semble là sous ma main...
— Dieu ! vous l'avez voulu ! je ne sens plus la vie
Qui palpitait en moi, vous me l'avez ravie ! »
Et, malgré ses efforts pour cacher ses frayeurs,
Elle ne peut, hélas ! dissimuler ses pleurs...
— « Courage, dit Joseph, espère, espère encore !
Demain, nous atteindrons Ravenne avant l'aurore...
— Oui, » dit-elle, et déjà la plus sombre pâleur
Envahit ses beaux traits. Joseph, avec terreur,
L'emporte sous un toit voisin, sous la feuillée ;
Quelques instants après, Anita, réveillée,
Semble sortir d'un rêve, aspire et se sent mieux ;
Parmi les paysans qui l'entourent, ses yeux
Aperçoivent Joseph attentif auprès d'elle.
A sa vue, elle prend une force nouvelle...

Et, d'un élan fébrile, elle saisit sa main
Qu'elle porte à sa lèvre !... Un cri, dans le lointain,
Jette aussitôt l'alarme : il faut fuir la chaumière,
L'ennemi s'aperçoit dans un flot de poussière ;
L'Autrichien approche ! et, contre ce danger,
Le détour des forêts peut, seul, les protéger.
Leur hôte bienveillant les emmène et les guide
Par des sentiers secrets où fuit leur pas rapide.
Mais, dans cette retraite, en ce suprême effort,
Anita sent passer comme un souffle de mort.
On la dirait déjà pour jamais endormie.
— « Anita, réponds-moi, m'entends-tu, pauvre amie ? »
Lui dit en sanglotant son époux éperdu.
A cet appel du cœur par le cœur entendu,
Anita tente encor, sur sa bouche glacée,
De faire parvenir une tendre pensée :
— « Mon Joseph ! sois béni ! je t'aime ! et cette voix
A murmuré ces mots pour la dernière fois ! »
L'étreignant sur son sein, en un baiser suprême,
Joseph a recueilli ce tendre mot : « je t'aime ! »
Et, comme il tient toujours cette ange dans ses bras,
Il croit pouvoir encor l'arracher au trépas !
Mais, c'est bien vainement qu'il la presse et l'appelle !
Comme la fleur des champs qu'abat la faulx cruelle,
En tombant sur sa tige étale et montre encor
Les dernières splendeurs de sa corolle d'or,
De même sous les feux de sa brûlante flamme,
Son visage a gardé le reflet de son âme...
Survivance éphémère ! en un instant, la fleur
Et la femme adorée ont perdu leur couleur !
Près du cadavre froid quand vinrent les ténèbres,
On entendit du chien les hurlements funèbres.
Joseph, désespéré de la rigueur du sort,
Veut rejoindre Anita dans le sein de la mort !
« C'en est trop ! se dit-il, et sa main s'est armée

Pour revoir aussitôt son âme bien aimée ! »
— « Arrête, général ! tu ne t'appartiens pas !...
Tu dois à ton pays ton courage et ton bras !... »
Le héros repentant, dans son âme attendrie,
Derrière la victime entrevoit la patrie ;
L'arme du suicide échappe de sa main
Et ses regards troublés se dessillent soudain.
De l'Italie, en elle, il voit comme l'emblème !
Sur ces restes sacrés il jure l'anathème.
Vivre pour les venger, tel est son seul devoir !
Et le cœur consterné, lorsqu'il revient le soir,
Sur la terre bientôt de ses larmes trempée
Il creuse un dernier lit avec sa noble épée,
Y dépose Anita, l'y couche tendrement,
Comme, dans son berceau, la mère son enfant !
Mais avant, pour toujours, de voiler tant de charmes,
Pour la dernière fois, il la contemple, en larmes...
Puis, sous le tertre humide et le sombre gazon,
Cet ange disparaît !... — Au lointain horizon
De Ravenne, dès l'aube, on voyait la fumée !...
— « Adieu donc ! dit Joseph, adieu, ma bien-aimée !
Ta perte fut pour moi le plus grand des malheurs !
Nous nous retrouverons dans des mondes meilleurs,
Puis, au généreux guide, et, par reconnaissance,
Il lègue d'Anita l'ami seul, sans défense,
Afin que sur sa fosse un fidèle gardien
Puisse vivre et mourir !... Il part, le pauvre chien,
De Joseph a reçu les dernières caresses ;
Il écoute, de loin, ses plaintives détresses ;
Le héros malheureux, jusqu'au fond de son cœur,
Entend vibrer l'écho de sa propre douleur,
Et la voix d'Anita, qui du ciel semble dire :
« Délivre l'Italie ! et venge mon martyre ! »

FIN DU NEUVIÈME CHANT.

CHANT DIXIÈME

ARGUMENT.

L'ami d'Anita. — Cruautés et profanations des Autrichiens. — Fuite de Garibaldi en Amérique. — Supplice d'Ugo Bassi. — Mort de Cicerovacchio et de
ses fils. — Victor-Emmanuel. — Drapeaux sarde et
français. — Retour de Garibaldi. — Varèse, Montebello. — Côme et Solferino. — Villafranca. — Naples,
Sicile. — Caprera.

Il devenait urgent qu'à ce pauvre hameau
Joseph fît ses adieux ainsi qu'au cher tombeau !
Car, soudain, le croate envahit la demeure
Des hôtes courageux. « Tu vas tuer, sur l'heure,
Ce vilain animal qui s'acharne après nous !
Dit le chef de la bande ; et, pour que son courroux
Soit vite satisfait, cœur brutal, âme aride,
Il présente son arme à cet homme intrépide. .
— « Tu refuses, c'est bien ! les verges, le bâton
Vont te faire changer et d'humeur et de ton. »
Et déjà, s'apprêtaient quelques vils mercenaires,
Lorsque le chien oppose aux projets sanguinaires

Son fidèle courage et mord à belles dents
Les lâches préposés aux honteux châtiments.
Tout près de succomber, cette innocente bête
Qu'avait déjà blessée un coup de baïonnette,
Par un instinct sublime, en face du danger,
Et voyant que plus rien ne la peut protéger,
Se sauve, en se traînant, auprès de sa maîtresse.
Là, sur un tertre humide, en hurlant de détresse,
Elle fait un appel aux restes inhumés
Dont elle est délateur pour les avoir aimés !
La mort n'arrête pas le cours de la vengeance !
Le dévoûment du chien déchaîne leur démence !
Ces hommes abrutis, en déterrant le corps,
A leur férocité donnent de pleins essors ;
O malédiction ! quoi ! leur main assassine
Ne se dessèche pas en touchant l'héroïne ?
Chacals à face humaine, ils mettent en lambeaux
Ce cadavre sacré !... Profaner les tombeaux
Est un crime odieux qui jamais ne s'oublie,
Et dont se souviendra la nouvelle Italie !
Bien sûrs d'être à présent sur la trace et les pas
Du héros malheureux, ils prennent leurs ébats
Par d'autres cruautés, et cette rage inepte
S'exerce et s'assouvit sur cette pauvre bête,
Qui, modèle d'amour, semble défendre encor
A son dernier soupir, son précieux trésor !...

Comme des espions, et surchargés de chaînes,
Les hôtes, deux à deux, sont menés à Ravennes,
Joseph a, Dieu merci ! pu sortir de ses murs
Pour chercher, jour et nuit, quelques abris plus sûrs.
Un bâton à la main, sac au dos, sans ressources,
Vivant de charités et buvant l'eau des sources,

A la grâce du ciel, implorant la pitié !
Parfois, il est ému des preuves d'amitié,
Du sympathique accueil du pauvre en sa misère,
Qui se prive pour lui du plus strict nécessaire.
Les plus humbles maisons s'ouvrent pour le proscrit,
Les humbles ont toujours un peu l'âme du Christ.
— Oh ! fuis, prédestiné ! pour remplir ta carrière,
Crains d'entr'ouvrir les yeux à l'horrible lumière...
Hélas ! si tu savais que ton disciple Ugo
Est mort dans les tourments ! que Cicerovacchio,
Ton brave compagnon, que le peuple de Rome
Se plaisait à nommer le bras droit du grand homme,
Vient, avec ses deux fils, d'être fait prisonnier,
Pour tomber tous les trois sous le plomb meurtrier
Des soldats assassins de la ville d'Ancône ! »
Au moment où le coup qui les frappe résonne,
Les bourreaux bolonais infligent des tourments
Au pauvre Barnabite avec raffinements !
Au plus fort du supplice, on entend sa prière :
« Dieu, Christ et l'Italie ! à vous, mon âme entière ! »
Et l'apôtre, rendant le suprême soupir,
A déjà sur le front le nimbe du martyr.
Cependant, grâce à Dieu, Joseph échappe encore
Aux serres du Hapsbourg, aigle noir qui dévore.
Le monde des progrès protége son destin,
Mais rien ne peut encor apaiser son chagrin,
Et l'ombre d'Anita, qui plane sur sa vie,
Obscurcit à ses yeux le beau ciel d'Italie.
Pour la patrie en pleurs, un Dieu bon, paternel,
Suscite un roi vengeur : Victor-Emmanuel !
Ce roi chevaleresque est aimé de la France ;
La France aide toujours à toute délivrance,
Elle sait du fourreau tirer son glaive à temps,
Providence du monde et l'effroi des tyrans !

Sardes, Italiens et Français vont ensemble
Châtier l'oppresseur dont la main faiblit, tremble.
Joseph se sent revivre, il a pour avenir :
Venger son Anita, l'Italie et mourir !
L'œuvre de délivrance à son bras confiée
Rayonne dans l'éclair de sa magique épée :
Les exploits de Varèse et de Montebello
Sont éclipsés par Côme et par Solférino.
On voit déjà planer l'ange de la Victoire
Sur le front des héros, il semble que l'histoire
Marche à pas de géant. François à Peschiera
Va fuir ! quand, tout à coup, survient Villa-Franca.
Ce brusque temps d'arrêt plonge dans la surprise
Le monde qui pensait voir délivrer Venise !
Pour punir son espoir, en de plus durs liens
On va la garrotter, et les Autrichiens
Enfermés, retranchés dans leur quadrilatère,
D'un frisson de douleur font tressaillir la terre...
L'Europe libérale envoie un triste écho
Des soupirs de son âme et jusqu'à Legnago,
Et Mantoue et Vérone, arrive avec la brise
Un long gémissement exhalé par Venise ;
Et, Joseph, en voyant tous ses plans abattus,
Triste, mais résigné comme Cincinnatus,
Attend à Caprera, dans un morne silence,
Qu'un instant arrêté le peuple armé s'élance.
Dans son humble retraite où l'on croit qu'il s'endort,
De Naples, de Palerme il va changer le sort !
Et l'Italie en feu, qui de nouveau l'appelle,
Salue en lui des cieux l'émissaire fidèle.
Il paraît, il surgit ! et le Palermitain
Brise aussitôt le joug du roi napolitain.
Le règne des Bourbons a passé comme un rêve !
Nouveau Masaniello bondissant sur la grève,

Et du peuple exprimant la grande majesté,
Garibaldi débarque avec la liberté ;
Puis, du roi-chevalier grandissant la couronne,
De Naples, de Palerme, il augmente son trône.
Dans un concert d'amour et de fraternité,
Les peuples d'Italie acclament l'unité !
Mais, sachant que sa tâche est loin d'être finie,
Le héros vigilant, ainsi qu'un bon génie,
Veille sur cette enfant que protége sa main.
— Qui sait? bientôt encore, et peut-être demain,
Aura-t-elle besoin de son sang, de sa vie?
Que de piéges tendus ! que de haine et d'envie
Autour de ce berceau ! que d'instincts réacteurs
Rêvent de noirs complots dans leurs sombres fureurs !
Mais avec le héros, veille à sa destinée
Celle que le Seigneur nomme sa fille aînée :
La France, dont Dieu fait son porte-labarum !
La France, qui, du mont Aventin au Forum,
Écrit sur son drapeau les devises sacrées
De son sang généreux trop souvent colorées.
A sa tête est un chef qui dut, dans le malheur,
Méditer sur le sens de l'humaine douleur.
Pour les peuples souffrants n'écoutant que son âme,
Il déploie en leur nom sa vaillante oriflamme.
Sourd aux voix des partis, il a pour missions
De féconder les fruits des révolutions.
Ces fruits, c'est le travail ! dernier mot du problème
Qui tourmente le monde, et base du système
Qui contient l'avenir ! De concert, ces héros
Auront su commander à la fureur des flots,
En évitant toujours ce double écueil contraire,
L'excès d'autocratie et l'excès populaire.
Gloire à ces nobles cœurs, vigoureux instruments
Que Dieu choisit parfois pour ses commandements !

Ces bronzes meurtriers, ardents aux représailles
De frères ennemis, prolongeant leurs batailles,
Devront se taire enfin ! et nous verrons, un jour,
Succéder à la haine un fraternel amour.
Il est temps d'écouter le plus doux des apôtres !
Il est temps de s'unir, s'aimer les uns les autres !

.   .   .   .

.   .   .   .

— Héros de l'Italie, au fond de ton grand cœur,
Tu rêves pour le monde un sort toujours meilleur,
Et les éclats fougueux de ton ardeur guerrière,
En toi cachent pourtant un abbé de Saint-Pierre.
Le soldat est doublé d'un homme de désir ;
Et, comme un vrai chrétien, comme un chrétien martyr,
Offrant en holocauste et ta gloire et ta vie,
Le bonheur des humains est ta suprême envie.

FIN DU DIXIÈME CHANT.

NOUVELLES PUBLICATIONS

Théodore Véron.

LES LIMBES, 1 vol. in-8. . . . . 2 fr. »

DU PASSÉ, DU PRÉSENT, DE L'AVENIR DE L'ART,
1 vol. in-16. . . . . » 50

LES LIGUGÉENNES, 1 vol. in-12. . . . . 1 50

LES BORDELAISES, 1 vol. in-12. . . . . 1 50

PIERRE, 1 vol. in-18. . . . . 2 »

OCTAVE ET LÉO, 1 vol. in-18. . . . . 1 50

FLEURS MORTES, 1 vol. in-18. . . . . 2 »

WILLIAM, 1 vol. in-18. . . . . 1 »

LES POÈTES, 1 vol. in-18. . . . . 1 »

VIRGINIE GAUDIN, 1 vol. in-18. . . . . 1 »

LA FIN D'UN VIEUX MONDE, 1 vol. in-18. . . . . 1 »

ÉCHOS ET REFLETS, 1 vol. in-18. . . . . 1 »

LA GARIBALDIADE, 1 vol. in-18. . . . . 1 »

LES RABELAISIENNES, 1 vol. in-18. . . . . . . 1 »

Imprimé par Charles Noblet, rue Soufflet, 18.